A ponte no nevoeiro

LARANJA ● ORIGINAL

A ponte
no nevoeiro

Chico
Lopes

1ª Edição, 2020 · São Paulo

Por alguma razão que talvez o desespero com uma atualidade feia e opressiva explique, enquanto eu escrevia este meu romance em Poços de Caldas, MG, entre 2018 e 2019, em Curitiba, PR, o amigo escritor Otto Leopoldo Winck trabalhava em seu *Que fim levaram todas as flores*, também marcado pela nostalgia dos anos 1960, o que nós dois só ficamos sabendo quando as decisões de criação já haviam sido tomadas e as narrativas postas em andamento.

Dedico este meu livro a ele e ao seu romance.

Sumário

9 Livro um
Sob as patas de Verdor

225 Livro dois
O país de Germano

Livro um

Sob as patas de Verdor

1
Promessa noturna

O primeiro passo de Bruno depois do portão fez que ele erguesse os olhos para o quarteirão muito plano, quase um tabuleiro, que avançava para uma ligeira elevação lá nos extremos, onde a rua se fundia a eucaliptos. Engolfado pelo espaço, seu olhar se colou à garupa de um ciclista que, na folga da reta, ia deslizando, rumando para longe, ficando menor mas não menos ágil, a mais de seis quarteirões à frente, as árvores lá no fim. Erguiam-se contra um céu em tons de roxo, cinza-escuro e uns fiapos de um laranja-rosado como que aceso, céu de agonia, mas também de vaga promessa de ressurreição. Um bando de pássaros brancos levantou voo de uma das árvores, entrou na zona de luz que se extinguia sem pressa alguma e ele tentou contá-los, desistindo depressa e se contentando com que os pontos brancos vibráteis sumissem para o insondável do céu.

Virou-se para a casa e olhou-a — triste, ela acompanhava seus passos com os olhos resignados de quem suspirasse por ter perdido numa discussão. "Mãe", ele sussurrou só para si, balançando a cabeça incrédulo e irritado, pois esse hábito dela — segui-lo até o portão como se pretendesse retê-lo ou fazer uma despedida definitiva e melodramática — o desanimava, não ha-

13

via como extingui-lo, não adiantava pedir que ficasse lá dentro. Rapidamente ela interpretava a mártir — que algum deus lhe desse paciência para conviver com esse filho único sem juízo. Ele se afastava mais decididamente, desejaria fugir vez por todas para muito, muito longe, colocar um máximo de distância intransponível entre os dois.

Por que ela tornava sua vida mais difícil do que era? Precisava de Isa, ao menos por uns tempos. E ela queria era saber quem era essa mulher que aparecera na cidade havia pouco tempo e o entusiasmara tanto. Não era certo ele namorar, vivendo daquele jeito, sem emprego, sem ter o que oferecer. "E eu lá pretendo me casar?", reclamava sem que ela ouvisse — a mãe sobrepunha a seu cinismo os antecedentes ruins de irresponsabilidade. "Já me disseram que ela é mais velha do que você". "E é. Dez anos, mãe, e daí?". "Trinta e seis anos, nossa! — já devia estar casada, não se meter com quem é praticamente menino..."; "Menino, dona Lina? Faça-me um favor..."; "Também me falaram que é mais alta". "Quer parar com isso?" — ele se enrijecia e esbravejava, mas a entendia: ela nunca se sentira tão ameaçada como agora, pois ele devia ter parecido de uma inesperada seriedade, de um propósito incomum quando falara de Isa.

A mãe precisaria lutar muito para prendê-lo, ainda que a seu modo lamuriento. Incumbiria Atílio de saber mais sobre Isa, telefonaria para algumas amigas. Fechou a porta para o filho e depois se sentou, com uma expressão de rancor que daí a pouco passou a choro; ensopou-se de autoindulgência e levantou-se, reanimada. Atílio voltava dos fundos, onde estivera apanhando folhas para algum chá medicinal. Olhou-a em silêncio, baixou a cabeça e foi para o quarto. Ela o seguiu — esses seus homens, que viviam lhe escapando... Expôs o caso, com o devido tom de adulação e lamúria que sempre garantira que ele fizesse por ela algumas coisas que, no fundo, ele não queria nem aprovava muito.

As luzes do centro o atraíam nesse início de noite incerto entre o escuro e o crepúsculo prolongado de verão; viu acenderem-se uma após outra conforme ia subindo a rua, alegre, como se o acender sucessivo obedecesse ao ritmo de seus passos em avanço; era música, era música, música, seus pés a provocavam, um poste aqui, outro ali, estale os dedos e a lâmpada brilhará, ponha uma, duas, três estrelas no céu e todas as outras virão; a grande promessa noturna de Isa e seus cabelos, seus olhos, seus dentes, lábios, pescoço, ombros.

Esticou-se um pouco, não era tão alto quanto desejava, uns bons dez centímetros a mais seriam ideais, mas não era tão mais baixo que ela, que concordava em não usar sapatos de salto alto ao saírem juntos, e ele também podia disfarçar o começo de barriga com aquela camisa azul-marinho calorenta combinando com a calça branca; achou necessário olhar-se rapidamente no espelho da vitrine de uma boutique, entrecerrou os olhos, acusou falhas, mas no geral aprovou-se, deu um assovio de satisfação, as mãos na cintura, o peito inflado; mais uns duzentos metros e pararia diante da Casa Prates, que já estaria fechando, ela saindo. Mas a loja já fechara e as portas cerradas lhe pareceram uma ofensa dirigida particularmente a ele.

Desapontado, diminuiu o ritmo do andar, olhando para a Praça Procópio Luz, e a seguir lançando o olhar para a aleia de onde Siqueira, contornando o chafariz com a escultura de uma ninfa em verde e branco, assentada em um círculo com peixinhos esculpidos ao redor erguendo cabeças reverentes para ela, costumava surgir para se dirigir ao Bar do Padre, logo ali no fim daquela calçada, na esquina.

Parou. Não viu nem ele nem Isa nas imediações. Seguiu, pensando em fazer o trajeto bem cansativo até a casa de Isa, muito distante dali, nas proximidades de um centro espírita depois de uma boa caminhada, e suspirou de impaciência, só ficando vagamente satisfeito quando uma ou outra mulher de passagem parecia avaliá-lo de esguelha e considerá-lo uma visão interessante. Um olhar aprovador e interessado de mulher o fazia sentir-se extremamente vivo, "valho, valho alguma coisa".

O único remédio era ir até a casa e tinha ânimo para isso, Isa o ressuscitara nos últimos meses, valia todos os sacrifícios; Siqueira ele veria mais tarde, de um modo ou de outro. Ficou mais ereto e se pôs a andar com uma resolução muito afirmativa, as mãos nos bolsos, orgulhoso, assoviando.

2

O escolhido

Ela não estava em casa. A prima, uma viúva ainda jovem com quem ela morava, saiu à janela penteando-se, bocejando, e disse que não sabia aonde Isa fora, com a má vontade e o escárnio evidentes com que geralmente o olhava. Ele se sentiu obrigado a se aprumar, estufou ligeiramente o peito, retribuiu ao seu olhar com um olhar que procurou tornar o mais digno possível. Era como se protegesse alguma miséria, alguma parte suja de si que estivesse exposta e ele fosse incapaz de cobri-la — o olhar dela o classificava como um ninguém, um importuno que entrara na vida da prima e na certa era causa de alguns desentendimentos entre ambas. Ele caprichou no seco e no grave da voz, agradecendo e afastando-se. Ela bateu a janela com força, sem disfarçar. "Vaca", ele rosnou só para si, já na esquina.

Para onde Isa fora? Nesses últimos meses, tinha isso de sumir de última hora, alegando algum compromisso truncado que, pela cara infeliz que fazia, ele perdoava — assunto de parentes importunos, alguma coisa pendente entre as funcionárias da loja, horas extras a fazer, arestas de uma vida com que ela ia se habituando a contragosto. Viera da capital porque sua vida lá desabara nos dois últimos anos, um emprego perdido, pais mortos num acidente de carro que os esmigalhara numa velha Brasília sob uma jamanta em Santos, a vontade de recomeçar em outra parte, as esperanças postas no interior, onde tinha essa prima com algumas relações. Nada contente com a Casa Prates, apesar de ser tradicionalmente a loja dos ricos do lugar, de presentes caros exibidos em vitrines consideradas as mais chiques do centro. Não queria nem falar do ordenado. Mas, tinha lá alguma escolha? Se não fosse tão bonita, com a aparência que ninguém diria ser a de uma mulher de 36 anos, talvez não houvesse conseguido o emprego. Parecia combinar com prataria, porcelana, louça cara e artigos de decoração importados; os Prates tinham olho para essas coisas.

Não acreditara quando ela olhou para ele do balcão, ao passar com Siqueira numa tarde de dezembro. Ela sorriu quando o amigo lhe deu uma cotovelada, apontando mudamente o interesse dela por ele, e procurou não rir quando ele ficou perplexo, enfiou as mãos mais para o fundo dos bolsos, suspirou e entrou para perguntar uma bobagem sobre um conjunto de cadeiras de vime, pretexto para olhá-la mais de perto. Acabou dando seu nome e sabendo o dela, passando a mão pelos cabelos e suando — ao sair, as pernas lhe faltaram num dos degraus da entrada e ele quase desabou na rua ao tentar olhar para trás. Siqueira o puxou rindo, piscando com cumplicidade descarada para ela, "tomarei conta deste palhaço para você".

Espantou-se quando recebeu um bilhete dela dizendo que queria encontrá-lo, dando lugar e hora, dias depois. Não era coisa que se esperasse das mulheres do lugar. "Vai, besta, essa é das avançadas, veio da capital, você vai comer mais depressa..." — Siqueira disse, dando-lhe um leve pontapé na canela, brincalhão, e completou: "se você não for, posso ir no teu lugar, sem problema". Ele respondeu ao pontapé com outro e soltou um palavrão.

Também se espantou quando, no terceiro dia em que conversaram — ele todo mãos nos bolsos, sem coragem para se aproximar muito, andando quase com um pé em fuga para o meio-fio — ela tomou a iniciativa de beijá-lo e, depois do nocaute, com ele fazendo todos os esforços para disfarçar o que avolumava sua calça, ela explicou que haveria uma noite de sexta em que a prima estaria ausente e ela deixaria uma luz acesa na varanda para esperá-lo (que não entrasse, nem batesse palmas, se ela estivesse apagada).

— Eu... — tremia, não queria dizer que temia uma mulher mais refinada, mas ela parecia suspeitar disso, ou de mais coisas; o ar era muito adulto, e também um tanto prostrado, em certos momentos — aí, aparentava sim os 36 anos, apesar dos olhos azuis brilhantes, a boca pequena e a pele muito lisa e rosada, além dos cabelos negros, comporem um conjunto mais para juvenil; entretanto, a boca se contraía e uma contrariedade obscura a deformava de um modo que ele não conseguia definir. Deixou escapar uma vez, quando uma imagem lhe veio de estalo: — Katharine Ross...

— Quem?

— A namorada do Dustin Hoffmann naquele filme antigo, que você já deve ter visto na televisão.

— *A primeira noite de um homem...* ah, mas, nossa, ela era muito mais bonita, hein?

— Não sei. É pouca a semelhança, é só um quê. Você é mais bonita. Você...

— Por favor, não me elogie desse jeito.

Mas ele estava incontrolavelmente assombrado: era bela e insólita demais para as poucas possibilidades que julgava ter como partido, apenas um pobretão de Verdor; queria abrir os braços, cantar, rir, rodopiar, chorar, fugir desabalado, espalhar para o mundo a sorte que tivera, fazer alguma coisa extraordinária. Não era verossímil que, tão linda, podendo escolher entre os muitos filhos de pais ricos que passavam com seus carros pelo centro ou entre os muitos fregueses da Prates que deviam notá-la, tivesse escolhido ele.

Jurou que iria à sua casa. Procurou soar com muita convicção, ela que não fosse suspeitá-lo um fraco. Teve coragem de abraçá-la, com um aperto incisivo, e aí sim beijá-la do jeito que sabia. Avaliou-a depois, como se esperasse uma opinião sobre o que fizera, sua habilidade. Ela entendeu isso e balançou a cabeça, sorrindo: — Adorei, viu?

Sim, a luz estava acesa na noite de sexta, ele entrou, ela o puxando e rindo, e muito depois, ao voltar para casa, não acreditava na existência de tantas estrelas disponíveis para o olhar; sentia-se integrado ao vento, comovia-se com um início de chuva que conversava baixinho com folhas de árvores indistintas. Gigantesco no largo das ruas, seu passo se apossando do mundo e o demarcando dignamente, o corpo redimido, os vinte e seis anos inteiramente justificados, enfim um homem adulto aprovado por uma mulher de classe. Quase involuntariamente fez pose com o cigarro, deu uma cuspida, aperfeiçoou a pose de macho estoico e sublime, entrecerrando os olhos, bem Bogart, bem Mitchum, bem "cool".

Siqueira estava num dos bancos da Procópio Luz, como se soubesse que inevitavelmente ele passaria por ali e não precisasse senão esperar. Não falou nada, mas seu sorriso era de tal modo malicioso que Bruno se pôs a rir também. — E aí, que tal o alpiste? O passarinho deu conta? Virgem é que ela não era.

— Tenha dó, compadre, não avacalha.

— Desgraça à vista: vai ficar apaixonado, vai ficar bobo.

— Ela é... Bom, ela é... — abriu os braços, deixando claro que era impotente para descrever, resumir, abranger. — Olha, não vamos falar nisso, certo?

— Certo. Vamos ali no Padre, comemorar com uma cerveja. Paixão é coisa que vai embora no mijo em questão de minutos.

3
O baú de Germano

Fora uma noite de malogros — Isa sumida e Siqueira sem dar as caras nem no Bar do Padre nem na Lanchonete do Anésio nem nas imediações das praças Procópio Luz ou 12 de Maio, na certa tendo feito aquela viagem com um corretor dúbio a algum ponto de Goiás ou Minas para uma cobrança penosa de que andava falando. "A coisa pode acabar em pólvora, sabe? mas preciso da comissão".

Fumou um tanto mais que o habitual, tomou uma cerveja lentamente, isolando-se carrancudo num canto do balcão, respondendo com grunhidos a quem tentava conversar com ele, premeditando não sabia o quê, suando sob a camisa azul-marinho.

O que Isa poderia ter que fosse mais importante que ele, que a obrigasse a vagar pela cidade sem lhe dar explicações? Sentia raiva da independência a que ela estava acostumada, esmagado por sua experiência, frustrado. Ela não estava o tratando como um menininho a quem só seriam permitidas indulgências, momentos frívolos e felizes, poupando-o de algo que podia e devia sim saber? Um homem, um homem mais do que feito — era assim que se sentia por causa dela.

Bem devagar, feito que não quisesse voltar, admitiu que a saída fora inútil, deixou que seus passos fossem como que apenas uma decorrência da inércia: sabiam cegamente esses caminhos, voltou para casa e se abrigou no quarto, passando pela sala onde Atílio lidava com sua velha vitrola, que era preciso consertar sempre, e a mãe via televisão; só ela o ouviu abrir a porta e deslizar pelo corredor e, ao levantar-se, já não podia alcançá-lo. Atílio observou sua menção de ir atrás do filho e fez um sinal negativo com a cabeça — que não fosse, que o deixasse de lado, que ficasse ouvindo música com ele.

Entregou-se a uma inação impaciente, sem camisa, uma ereção insistente e dolorida que não havia como baixar, obrigando-o a dar tapas no pau como se castigasse um bicho desobediente, pensando sem cessar em Isa, o que o obrigava a sair da cama e ficar fumando preso à janela, deixando a cinza cair de propósito sobre uma jardineira de gerânios que a mãe cultivava no terraço.

Peito exposto, e não havia brisa o bastante para aliviar o calor do quarto, nem mesmo quando se pôs de cueca e ligou o ventilador do teto. O remédio era distrair-se lendo alguma coisa, mas não queria reler livros que lhe davam só uma renovada sensação de impotência e uma vontade de escrever que, posta em prática, resultava sempre em poesia ou numa prosa poética que lhe parecia derivada de Baudelaire ou Rimbaud ou Clarice Lispector, porque os lera aqui e ali, e também em esboços de contos muito abaixo de seus sonhos.

Havia entre ele e Siqueira uma espécie de concordância tácita de que a ele cabia escrever poemas, crônicas, coisas mais curtas e líricas, enquanto o amigo ficaria com o âmbito mais ambicioso e penoso dos romances de fundo social, com um jornalismo opinativo, embora isso não fosse rígido. Tudo se esboroava diante da constatação óbvia de que, escrevessem o que escrevessem, a cidade jamais se interessaria pela literatura de ambos — porque não se interessava por literatura, simplesmente, e nem o que haviam escrito, alternando-se semana após semana no jornal local durante uns poucos anos, ele como "Bruno G. Alfieri", o outro como "F. H. Siqueira", tinha tido mais que meia dúzia de leitores confessos, alguns meros aduladores que na verdade liam os dois sem entender muito bem, por vezes capazes de citar apenas os títulos do que haviam escrito. Tivera coragem de mostrar alguns poemas a Isa e ela os lera cuidadosamente, assinalando um trecho ou outro de que gostara mais, mas era reticente em falar disso, como se temesse, pondo-se a analisá-los, revelar alguma ideia medíocre ou inapropriada que o fizesse perceber que ela não era tão refinada quanto ele supunha.

Ele esfregava a testa, praguejava, ia à janela para divagar e cuspir e, então, era recorrer à grande caixa de papelão revestida de papel lilás que trafegava entre os quartos da mãe e o dele com frequência. O "baú do Germano", como ela a chamava. Germano, ou Germán Grano, seu pai real. Porque Atílio, nesse momento lidando com a vitrola na sala, fazendo emergir uma voz afetadamente máscula que cantava *I memorize every line/ and I kiss the name that you sign*, era quase o padrasto.

Esse bancário que rumava para a aposentadoria se propusera a viver com sua mãe, mesmo solteira, com o filho já aos quinze anos. Aceitara, nos anos iniciais, que ela ainda falasse muito de Germano, que murmurasse seu nome dormindo, que ouvisse aqueles discos, relesse aquelas cartas e postais, com uma paciência e uma discrição que eram louvadas por conhecidos e familiares. "Atílio é tudo que a Lina precisava. Tanta compreensão, que homem!". Faria de tudo por ela, por vezes devotado como um garoto abobalhado diante de uma estrela de cinema, e, se ela tivesse querido, se casariam oficialmente no civil, discretos, mas Lina parecia temer um passo mais concreto em direção ao pertencimento, não queria deixar de ser Alfieri, estavam bem assim, apenas juntos. Que a vizinhança torcesse o nariz e os chamasse de "amigados" pouco lhe importava: afetava não dar o menor valor aos rigores morais da gente católica e chinfrim que a cercava. Bruno gostava do homem, o aprovava? Eram afáveis um com o outro, mas se mediam sempre com certa cautela e Atílio sabia ficar mudo, ser conivente tanto com a mãe quanto com ele, evitar toda espécie de aresta. Era comum que o convidasse a ir pescar e a algumas viagens regionais nas quais o levava num fusca que se empenhara em repintar de vermelho-carmim e conservar, mas ele recusava e, nas poucas vezes em que aceitou, atravessaram mais de uma centena de quilômetros num mutismo enfadonho e em conversas sobre coisas cuidadosamente exteriores, nada mais que uma sistemática esquivança aos pontos minados. Mas não tinha que odiá-lo: não era bonito, não ganhava dele numa comparação física de modo algum — sujeito dos mais comuns, já com cabelo ralo, uma boca fina em que os lábios pareciam se diluir, o jeitão tosco de italiano avermelhado e decaindo na relativa obesidade de homem caseiro e satisfeito, indo para os 68 anos.

Mas era preciso que fosse grato: o único trabalho que ele tivera, nesses anos, fora de uma temporada de quatro meses no banco onde o padrasto trabalhava e, claro, fora este quem o indicara, mas ele fracassara, provocando até risos por ser excessivamente relapso e um verdadeiro desastre para contas e contatos com clientes. Atílio emprestava-lhe dinheiro, fazendo-se de pai tolerante de vez em quando se a quantia que a sua mãe lhe dava mensalmente não bastasse para as contas de bares e lanchonetes e outros pequenos gastos. Talvez estivesse satisfeito demais com o ter conseguido aquela mulher, talvez ela lhe parecesse o prêmio mais fabuloso de sua vida, e não houvesse no casal nada senão um pacto de condescendências entre solitários que precisavam juntar-se para tocar um resto de existência, o filho dela um fardo tolerável. Se gritos houvesse na casa, da boca dele é que não proviriam.

Na verdade, fazia por não ver que o "baú do Germano" era muito revisto por Lina e o filho. Ela abrasileirara o *Germán* uruguaio ou argentino, nunca soubera ao certo a origem de seu ídolo único e nunca quisera esquecê-lo, nem nunca permitira que o filho pensasse que haveria outro homem, um substituto para o pai desaparecido — não fez nenhum esforço para que Atílio sequer parecesse à altura — o sucessor era como a conta do supermercado da esquina de que ela não poderia escapar por mais que quisesse. Mas, por mais que fizesse para que o filho se parecesse com Germano, sugerindo algumas roupas, penteando ou despenteando-o à maneira do "argentino" (como às vezes o padrasto o nomeava, grunhindo um pouco fora das vistas dela), Bruno lhe saíra diferente do adorado, um tanto mais claro, louro e olhos verdes como ela, mais baixo, embora bastante forte, só evocando-o por certas carrancas e muxoxos. Ela lamentou não reencontrá-lo no menino, não o reencontrou no adolescente e nesse homem já bem adulto estava ainda mais distante. Quanto a Atílio, seus silêncios eram garantia de uma tumba eterna para Germano — menos se falasse no rival mitológico, mais ele poderia alimentar a esperança de que fosse esquecido. Apostava que haveria um momento em que da lembrança dele só restaria nela o esforço cansado para manter um fio de memória que finalmente se esgarçaria por completo. Entretanto, o hábito de mãe e filho repassarem o baú entre si e de às vezes vasculhá-lo e cultuá-lo juntos continuou, porque Bruno queria saber, não se dava por satisfeito com o que havia nele e com o que a mãe dizia e, irritado e exasperado com os suspiros que ela ainda dava à janela em certos dias, como se esperasse que o "argentino" apontasse na esquina depois de tantos anos e tão sólido e comprovado desaparecimento, punha-se a querer em vão ter a barba, o bigode, os cabelos pretos como os do homem, aprendera espanhol lendo livros inteiros e atentando para letras de velhas canções com um dicionário ao lado.

Empreendia a reconstituição de Germano sempre que era possível, e, embora evasiva, procurava reforçá-la: ele aparecera na cidade em algum dia calorento de 1969, e a mãe, circulando na Procópio Luz com amigas, o avistara entre tipos rapidamente classificados como perigosos pelas outras — "olha só os maconheiros" — um com um violão, outro fazendo ritmo com caixa de fósforos, uns três outros cantando. Os olhos dele, muito cravados, muito escuros, a deixaram paralisada, e ele caminhara depressa para o jardim, pulando uma sebe de espinheiros, para lhe colher uma rosa e ir determinado em sua direção para entregá-la, não se importando com a cara feia das amigas. O bando, por zombaria, se pôs a cantar *Io che amo solo te* num tom de exagero intencional e pieguice debochada, mas ela gostava tanto da canção que deboche algum poderia profanar o encanto. Depois, numa das noites seguintes, fora acuada numa esquina, onde ele a esperara com um "Pasquim" sob o braço. Queria que ela risse com a piada que mostrava os efeitos estranhos que o pisar do homem na lua poderia ter sobre os astronautas: "Estamos noivos", dois deles diziam, de mãos dadas, numa das páginas.

Ela não entendeu muito bem, nem entenderia nada, de tanto olhá-lo sem pensamentos. Cabelos compridos, mas não muito, uma barba surgindo, um casaco de banda militar esfarrapado que tentava se parecer ao dos Beatles na capa de *Sgt. Pepper's...*, jeans muito justos, e aquela certeza assustadora, física, de que ela não poderia escapar ao poder dos olhos pretos que não escondiam a que vinham. Era uma segurança despudorada a que ele ostentava; ele a assustava e deixava feliz. Estava escuro, um blecaute pusera o quarteirão perto da igreja onde a farmácia ficava numa treva tão favorável que ele não demorou a meter-lhe as mãos nos peitos, abrindo a braguilha.

Era preciso que Bruno deduzisse isso, porque os saltos, omissões e hiatos das narrativas dela eram compreensíveis — o pudor de mãe, de mulher para quem as cruezas do sexo tinham que ser idealizadas e distanciadas ao máximo, o pudor que um filho espera e deseja e ao mesmo tempo não pode deixar de violar com sua própria imaginação. Era preciso que ele imaginasse que não levara muito tempo para que ele fizesse com ela o que era esperado. Ficando apenas no que a mãe dizia, fora numa noite extraordinária, em que a ninfa do chafariz da Procópio Luz estava sendo inaugurada com festa, banda e alunos de ginásio uniformizados cantando *"viva Verdor, oh, amor imorredouro, oh, meu rútilo tesouro, berço de verde esplendor"* depois do discurso de um professor. O prefeito que a inaugurara, muito solene com seu bigodão e peito estufado, vira alguma coisa semelhante em alguma fonte numa passagem por Copenhague ou outra capital escandinava e resolvera tentar reproduzi-la ali, mas encomendando-a a um escultor barato e submisso ao seu mau gosto.

Depois da inauguração, mistério: para onde Germano a levara, se não tinha carro, se a cidade era toda vigilante e ela, muito direita, não queria escândalo de espécie alguma? Para o mato nas imediações das margens do rio Paturi, coisa que ela devia achar totalmente vergonhosa e infamante se não estivesse cega a ponto de sequer saber para onde ele a carregava. "No caminho, me cantou *Aquellos ojos verdes* inteirinho. Não gostava de boleros, era da turma do rock, afinal de contas, mas cantava de tudo em suas andanças e eu pedi, insisti, e ele tinha uma voz muito rouca, rouca, ah, era a língua dele, a língua dele, inesquecível...".

Bruno não achava muito honroso ter sido concebido ao som dessa cafonice. Quanto a Atílio, ele a assoviava descendo a escada em certas manhãs, quando parecia acordar mais satisfeito do que o habitual.

4
Nascido no ano dos mortos

— Ele me achava parecida com Ursula Andress — ela dizia à janela, de olho na rua, passando a mão pelos cabelos que já não eram nem tão louros nem tão longos, como se as mãos de Germano nos cabelos que tivera aos vinte anos ainda estivessem enredadas neles. Bruno olhava-a, olhava para as fotografias dela quando moça, e concordava — tinha mesmo alguma coisa parecida, os olhos verdes e os cabelos louros fartos até os ombros, mas era preciso forçar a imaginação, pois isso era um pouco vago. No entanto, entendia que Germano a tivesse achado muito bonita, de modo a ignorar seus preconceitos e todas as suas resistências de moça direita de cidade pequena, coisa que devia irritá-lo e desafiar seu poder de sedução em alto grau. Ele na certa a via como uma mulher a possuir e também lapidar, donde falar de tantas coisas que ela entendia mal ou achava interessantes só porque provinham daquela boca de oráculo.

Tentava entender. Era preciso deixá-la falar, já que não se podia saber tudo, adivinhar tudo, naquela coleção de cartas, elepês e compactos simples e duplos, cartões postais e fotografias que revelavam um esforço meio inútil de Germano por fazê-la mais refinada. E ela falava muito, e ele ouvia com mais avidez do que queria admitir. E, se às vezes a memória dela falhava num relato muitas vezes repetido, ele interferia oferecendo a data, o local preciso, as circunstâncias que ela lhe revelara anteriormente. Ele não esquecia um só dos passos do pai e não admitia que ela improvisasse meias-verdades a partir dos hiatos. Parecia apenas uma mulher desgraçadamente apaixonada por um sujeito muito difícil. O laconismo de Germano a perturbava, nunca conseguira arrancar do homem uma promessa, uma definição clara para o caso entre os dois; o nomadismo dele a deixava perplexa e incapaz de prever seus passos, suas passagens, suas vindas. Verdade que, chegando, tomando-a nos braços e por vezes levando-a para qualquer canto um pouco mais escuro e propício de uma rua escura sem rodeios, sua capacidade de argumentar, cobrar, inquirir, ia a nada. Entregava-se, e era depois de satisfeito que ele falava menos ainda — bem quando ela queria falar mais, saber mais, sentir-se protegida. Inútil, e ele cantara para ela *She's leaving home*, depois lhe traduzindo a letra como insinuando que ela poderia fazer coisa semelhante. Estava mais era louco, ela iria deixar a única casa, a única vida que tinha e os pais envelhecidos, porque famílias em geral, segundo ele, eram de uma babaquice atroz? Não que ele lhe contasse quem eram os seus pais, mas falara de um casal muito elegante, o pai sempre de paletó e gravata, a mãe dando grandes festas filantrópicas, da fábrica que tinham e que se dilatava entre casas populares e despejava detritos num rio que fora muito limpo, o enorme "G" de neon na periferia de alguma metrópole latino--americana — monstrengo fuliginoso que os Grano esperavam que ele assumisse e tocasse com brio, toda manhã à mesa executiva, de paletó e gravata.

Lina sentia-se totalmente leal à sua herança, à sua imobilidade. Não poderia segui-lo, nunca, enquanto seus pais estivessem vivos, e, afinal, mais tarde só lhe restou a mãe, exigindo maior dedicação e proximidade, sentindo-se traída por ser avó de uma criança nascida ilícita e parecendo puni-la por isso contraindo uma doença atrás de outra, o que favorecia sua exigência de que Lina mal saísse de casa. Ela se desesperava, mas em grande parte era preciso concordar com dona Redenta: ficara tida por mulher fácil, era às vezes perseguida por carros com buzinadas, manchara o nome da família que não tinha antecedente algum de mãe solteira e a mãe entortava a boca para falar do "estrangeiro Satanás" que não queria de modo algum que ela encontrasse. Mesmo assim, não estava certo, em nenhuma hipótese, que deixasse a cidade. Nunca. Gostava do lugar. Fugas e mergulhos em mapas desconhecidos, riscos, aventuras, lhe pareciam aterrorizantes. Contentava-se com esperar que, em suas voltas pelo país e por toda a América do Sul, daqui e dali mandando umas cartas pouco esclarecedoras, ele calhasse de aparecer, satisfazia-se com ser uma das muitas mulheres à sua espera e disposição nos inúmeros lugares que percorria e de que mal falava. Germano não iria abrir mão de possuí-la sempre que aparecesse, mas nada de terreno fixo, nada de compromissos, nada de trocar a vasta aventura possível por uma vida de marido, precisamente tudo de que precisara fugir: era a ameaça do grande "G".

O filho nascido em 1970, ano ruim, mortos Janis Joplin e Jimi Hendrix, Beatles acabados, não o reteve nem pareceu comover. Não se opôs a que ela o batizasse com o nome do avô materno — não que dona Redenta parecesse satisfeita pela homenagem ao marido falecido, tinha algo de profanação que esse indesejado levasse um nome tão honrado. Lina queria que ele recusasse, insistisse em batizá-lo como Germano, um *Júnior* que ela modelaria. Deu de ombros, para isso como para quase tudo. Ainda ao longo dos anos setenta, apareceu com regularidade, mas muitas vezes sem avisá-la, ela avistando-o no centro da cidade numa noite qualquer, o imprevisto quase a matando de colapso cardíaco — o desaparecido estava ali, tocando violão em frente à ninfa ou para algum ouvinte meio desatento no Bar do Padre.

Quando o viu pela última vez, era um Germano já um pouco combalido, emagrecido, com planos embaralhados sobre os quais não adiantava indagar muito, "acho que ando perdendo a saúde, mas ainda vou para onde quero ir, um lugar muito especial, *muy lejos...*". O menino, com seus quatro para cinco anos, mereceu uns vagos olhares meio arrependidos e talvez úmidos, uma que outra passadinha de mão pelos cabelos. Ela não tinha ânimo para falar de deveres de paternidade, cobrar-lhe alguma coisa. Por odioso que fosse em sua independência, em sua indiferença, em sua volatilidade, ela não ousava questionar seus caprichos e rumos, era um deus, ela não queria de fato perturbar seus planos e, ao ser jogada na cama por ele, tudo era rapidamente esquecido.

Depois de ajudá-la a criar o menino, embora contrariada e com uma doença do fígado que ia amarelando-a ameaçadoramente e com a boca tendendo a eternizar-se num amargor retorcido, a mãe morrera e ela, sozinha na casa, atrevia-se a recebê-lo, mesmo causando espanto e indignação em algumas vizinhas. "Você não se lembra, ali, debaixo da mangueira? Ele pegou você no colo, sentou-se naquela cadeira de plástico, te botou no joelho dele"; "Mãe, não vamos falar mais nisso..."; "Certo, certo, mas alguma coisa você deve recordar. O cabelo, a barba, a voz? Ele tomou banho, foi para o quintal, estava sem camisa..."; "Não me lembro de nada".

Era preciso não chorar de modo algum. Não ia contar a ela que o cheiro das folhas que se quebravam sob seus pés e das próprias mangas verdes ou apodrecidas, a velha cadeira de plástico, finalmente reduzida a um esqueleto retorcido, ele venerara até que o quintal fora ladrilhado, a árvore cortada, e só sobrara vivo um pedaço de terra com horta cultivada por Atílio. Lembrava-se sim de uns braços fortes que o tinham levantado, de um vago rosto enorme, de homem, com um sorriso extremamente branco, uns cabelos untuosos, uma mistura de que cheiros? Brilhantina? Sabonete? Colônia?

Ele era suor, calor, sol e força. Era um gigante que, querendo, poderia atirá-lo para mais alto e pegá-lo na queda, por alto que o houvesse atirado. Um gigante de quem mais tarde saberia o nome, o rosto, a história confusa, mas sem poder juntar os dados parciais do baú às sensações desencontradas. A vida era impossivelmente maior do que tudo, nada faria justiça ao que havia de fato visto e sentido. Não conseguia colar o rosto real das fotos ao rosto que recordava, desmedido. A presença, a inteira presença, era desta que precisava, e não a tinha nem era certo que alguma vez pudesse tê-la.

Não chorava, não ia chorar e nem odiá-lo podia, de tão impalpável. Ele, para sempre, teria sido mais dela do que dele e não lhe restava senão sorver dela tudo que fosse necessário para criar um Germano só para si.

5
Águas de afundamento

Lutava por abrir os olhos e se mortificava e fustigava por toda essa preguiça, que parecia piorar com o calor — eram mais de nove horas, Atílio já tendo saído de casa para alguma ida ao centro e ele ali, um homem, força para lenhador, energia para erguer ou triturar mundos, depósito ilimitado de sêmen, sem que fazer e sem vontade de fazer o que quer que fosse, podendo levantar-se quando quisesse, já que não tinha hora para compromisso algum, condenado a mais um dia vazio pela frente, que preencheria só a partir do almoço. Nada se parecia tanto com o Inferno quanto essa disponibilidade.

Nascia apenas nas horas em que a tarde ia se acabando e a noite se prometia. Os dias, tinha que passá-los assim, num ócio que, prolongando-se, dava-lhe a impressão de uma vida de larva dispensável. Contava com Isa para que isso mudasse, era preciso que de alguma parte do mundo exterior — já que de si mesmo não emergia nada — uma resolução, uma determinação real de mudança brotasse. Incitava-se a ter vergonha, a ser mais homem, a romper com a família, a abandonar a cidade, mas o ócio o amolecia, pensava em sair, beber, ver Siqueira, matar horas que poderiam ser ocupadas com algo produtivo se este algo existisse e depois, voltando para casa pela madrugada, ter de novo outro dia em que acordaria tarde e retomaria o círculo fatídico. Tinha esperança de que Isa fizesse algum milagre, já que o pusera nesse estado de alerta, de vontade passional de viver, nas últimas semanas. Era decepcionante quando ela parecia melancólica, afundada em pensamentos que ele não sabia como vasculhar, e o olhava com uma ternura misteriosa, mais para compassiva, como se a situação dos dois não tivesse muita saída e ele não passasse de um pobre diabo adorável, mas sem esperanças. Não havia como forçá-la a dizer nada e ele nem tentaria, pois daí a pouco ela o abraçava e, choramingando, puxava a mão dele para seu seio, deixando-o louco de ansiedade por uma nova noite de varanda acesa. Porque muito mais noites daquelas foram possíveis e ela o guiara para tudo que ele não sabia, que ele precisava saber, e teria havido outras tantas, intermináveis, nunca suficientes para a ânsia dos dois, se a prima não houvesse parado de fazer as viagens que deixavam a casa só para Isa.

A mãe abriu de repente a porta de seu quarto e ele pegou imediatamente o lençol para cobrir-se da camisa para baixo, falando sem olhar para ela. "Daqui a pouco desço pro café", grunhiu. "Foi tudo bem ontem?", ela perguntou, preocupada, mas ele ouviu na voz foi a preocupação em saber se não teria havido alguma coisa negativa que significasse um ganho para ela. "Tudo bem. Tudo *muito* bem", respondeu, desafiador, ainda sem olhá-la — não ia lhe dar o prazer de contar dificuldades. "Atílio vai precisar viajar daqui a alguns dias. Ontem estava me sondando pra saber se você não iria junto. Você bem que poderia..." — ela disse, olhando para o quarto e descobrindo uma gaveta do guarda-roupa para fechar, cinzeiros a esvaziar, livros pelo chão que era preciso empilhar num tamborete. "É verdade, não faço nada, tenho tempo de sobra..." — ele respondeu, hostil.

Ela balançou a cabeça, resignada, e esfregou o olho direito como que enxugando uma lágrima. Apanhou roupas dele para lavar e passar, cheirando particularmente a camisa — ele não havia passado colônia demais? O outro perfume era da descarada, sem dúvida; saiu devagar, silenciosa, empesteando o seu começo de dia com aqueles gestos que não precisavam senão existir para que se sentisse culpado. E ela sentia-se culpada por havê-lo mimado, por gostar dele a ponto de perdoar qualquer coisa, e sofria porque a vadiagem não iria se perpetuar sem que fossem se destruindo. Embora a paciência de Atílio fosse admirável, o padrasto deixava mais do que claro que era preciso que ele tivesse uma profissão e cobria dívidas com um ar mais para resignado, procrastinando algum ultimato muito sério, ela não sabendo até quando aquilo seria possível; haveria limites seguros para tanta boa vontade. Agora, a tal Isa — fosse quem fosse, era uma mulher — poderia levá-lo embora, modificá-lo seriamente, abrir uma espécie temida e desconhecida de transtorno na sua rotina de decepção amena e segurança entre escombros. Vagava pela sua cabeça o que Atílio faria na cidade, o que poderia apurar de mais definido com seus amigos no banco, no cartório, nas ruas. Fora inútil ligar para uma amiga, o telefone ocupado, mas ela insistiria o dia todo.

    Ruídos no quarto dele, a porta do guarda-roupa batida com estrépito. Ele se levantaria, tomaria o café, que o esperava na mesa da cozinha havia horas. Ela compôs um rosto mais para acolhedor e calmo para recebê-lo. Como que distraída, perguntaria da noite anterior e ele acabaria, se ela encontrasse o tom certo, falando um pouco mais. Mas a cada dia o achava mais e mais preparado para responder pouco, para resguardar-se, como se fosse se tornando cada vez mais homem, mais necessitado de uma integridade que forçosamente excluiria presença e cuidados de mãe, artimanhas para não deixá-lo emancipar-se.

Era preciso lutar para que ele não perdesse a vontade de simplesmente falar com ela, enquanto ele se esquivava o quanto podia às suas águas de afundamento.

    Perto das quatro e meia, já havia passado pela frente da Casa Prates e a vira lá no balcão, saudando-a de longe. Nem Jorge nem Abigail Prates, sempre por perto, gostavam da ideia de que ela tivesse um namorado, não queriam funcionárias conversando com homens mais do que o necessário durante o expediente, e ele passava rapidamente pela calçada, arriscando uns olhares muito velozes, com um erguer tímido da mão. Hoje, o olhar de esguelha que ela devolveu não fora animador. Mas não pensou nisso por muito tempo, porque, numa volta de esquina, dando com o Bar do Padre, avistou Siqueira ao balcão, tomando a primeira cerveja do dia, e era tão habitual que se encontrassem quando para todo o resto o dia de trabalho já estava acabando que o amigo, como por instinto cronometrado, ergueu os olhos do copo de cerveja e olhou para a calçada pela qual ele vinha.

    Tinha acordado havia pouco e não estava para muita conversa. Não fora para outro estado, que diabo, apenas para um sítio na zona rural próxima, com o corretor. — Sentiu minha falta, amor? — Perguntou. — Tomar no cu, compadre. — Ele respondeu rápido, rindo, e resistiu a lhe dar um abraço; a verdade era que não queria dizer que uma noite sem ele era sim uma desolação. Confissões de afeto e carência eram riscos de deboche certeiro.

    — Viu a Gloriosa? — Perguntou. Era comum que, referindo-se a Isa, usasse desses adjetivos agora, olhando em seus olhos com interesse depois de pronunciá-los, para ver o efeito causado pela gozação e recuando quando ele dava uns tapas no seu braço ou o ameaçava com um pontapé.

    — Não... — murmurou, querendo encerrar o assunto, pegando no copo dele e bebendo um gole alentado.

Ele tomou-lhe o copo de volta com certa energia e sentenciou: — Vai começar a dar trabalho, eu te disse que mais dia ou menos dia seria assim. Lembra o "Mulheres", do Bukowski? "Muito cara legal foi parar debaixo de uma ponte por causa de uma mulher", não era o que ele dizia? Bonita como é, essa aí só pode dar encrenca. Se fosse só comer, se acabasse só nisso, tudo bem, mas, quando não acaba, espere pelo pior.

— Esse Bukowski é um machão cretino. Eu estou bem.

— Não acredito. Esse negócio de paixão queima demais, inquieta demais. Olha aquele cara... — apontou uma mesa depois do balcão oposto, nos fundos; ele olhou e viu um sujeito de seus quarenta e tantos anos inclinado, com um ar estremunhado, a cabeça tombando um tanto involuntariamente, passando a mão sobre uma mesa e tomando cerveja. Uma mosca corria por sua face direita, pousava na ponta de seu nariz, sem que ele se desse conta. Vagamente reconheceu-o, um Otávio da família Bellini, de fazendeiros mais discretos que os Jordão e os Tozzi, mas ricos, e espantoso que estivesse ali, no Padre, pois só era possível imaginá-lo nos lugares metidos a finos da cidade, pelos altos da Vila Pinotti, sem sair das imediações daqueles casarões, boutiques, restaurantes.

Lembrou-se que sim, uma noite, ao passarem por sua casa, num trecho de quarteirão afundado em breu, sentira-se atraído pelo som de um piano, com algo de Chopin soando por trás de uma varanda quase totalmente coberta por trepadeiras. — É o filho da dona Carola que está na cidade. Dizem que é bom pianista. Viajou muito, nunca foi de ficar por aqui, parece que estudou até em Paris — Siqueira explicou, pois parecia impossível que não soubesse de tudo, que tudo não ouvisse.

Para Bruno pareceu incongruente que alguém supostamente tão refinado fosse capaz de encher a cara publicamente desse jeito, a ponto de ficar prostrado num bar onde seria visto por todas as piores línguas. Um pouco pasmo, perguntou baixinho se era mesmo o pianista, ao que Siqueira fez que sim, sussurrando: "Não sei se tenho pena ou nojo desse caso".

— Vai me dizer que ele é dos que "foram parar debaixo da ponte por causa de uma mulher"?

— Errou. Está em cima da ponte, por enquanto, e quem está causando isso aí é um homem. Olhou-o mais uma vez, incrédulo, esperando explicações. Ele continuou: — O Flávio "Tranca", você conhece. Daqui a pouco vai estar aqui, com a turma da sinuca, e ele deve estar aí é esperando pelo filho da puta, se é que eu entendi umas conversas aqui e ali. Imagine só, um caso desse tipo, aqui neste buraco, virou a pior piada. Olha a cara do "Dito Pisca" — apontou o dono do bar, que lavava uns copos e não tirava os olhos de Otávio, com um sorrisinho de mofa invencível — Ele deve estar gostando, porque o Bellini não deve ser de pedir fiado e já tomou umas dez garrafas. Fora as cervejas que deve pagar pro "Tranca" e a turminha dele.

— Esse Flávio sempre foi um... — evocou o vizinho de infância, que crescera na mesma rua, frequentara o mesmo ginásio, tipo inexpressivo que nunca lhe despertara interesse maior quando era inevitável que conversassem. No entanto, ele lembrava que se conheciam desde meninos e o tipo dizia admirá-lo porque ouvira elogios à sua inteligência, adulação a que ele se esquivava rapidamente - era óbvio que daí a pouco teria um preço. Que lhe pagasse uma cachaça, que escutasse alguma história sua com mulheres. Estava casado pela segunda vez, parecia, e pela segunda vez tendo algum emprego em repartição pública que só existia para não ficar óbvio demais que era sustentado. No entanto, apesar dos trinta anos, conservava uma cara muito lisa, quase infantil, e uns ares de desamparo e candura que eram atrativos garantidos — pareceria um anjo se não fosse dado a contar histórias de uma vanglória nojenta sobre o que fazia com mulheres que pegasse ou "veados" que o procurassem. Além de se orgulhar de sua devassidão difusa, era preguiçoso, de cérebro lento, tendo deixado o ginásio muito cedo e caído em toda espécie de trabalho medíocre e incerto.

— "Tranqueira" mesmo. O apelido é mais do que justo. — Siqueira completou, despejando o resto de cerveja da garrafa no copo e enfiando-lhe a mão no bolso da camisa para apanhar o maço de cigarros e tirar um. — Noite dessas, apontou lá no Anésio e quase saiu com um pontapé na bunda. Não era de vir pro Padre, e foi só começar a aparecer há alguns dias, aquele carro ali não se afasta do pedaço — apontou o estacionamento, lançou um olhar de sondagem para a esquina e, meio apreensivo, finalizou com um cochicho: — Porra, olha ali os caras chegando...

Um grupo de quatro homens ainda jovens, barulhento, gritando o nome de "Dito Pisca", Flávio entre eles, entrou e foi apanhando garrafas e copos e cercando a mesa de sinuca. Quando Otávio levantou-se, o grupo — tacitamente, dando as costas para os dois e cochichando com risadinhas abafadas — deixou que Flávio fosse de encontro a ele. Tudo era mais que sabido, e a mácula não era de Flávio, o ativo, mas do ricaço, que se rebaixava a dar o rabo, coisa de que era lícito que se aproveitassem: com isso aparecia mais dinheiro no bolso de Flávio que, presunçoso, apostava mais no jogo para perder, além de lhes pagar mais bebida. Bruno achou que era tempo para que falassem de outra coisa, baixassem o olhar e saíssem dali, porque escurecia e era preciso encontrar-se com Isa hoje de qualquer maneira — mais um pouco e ela iria para casa ao sair da Casa Prates, não esperaria por muito tempo. Siqueira ainda apontou: — Olha, estão conversando, o pianista está com raiva. O sujeitinho deve ter aprontado alguma.

— Negócio triste. Que é que ele vê no "Tranca"? Não tem nada na cabeça.

— Não é na cabeça que ele está interessado.

6
Nos braços de Donato

Esfregou os olhos, tirou um pente velho do bolso de trás da calça e deu uma ajeitada no cabelo, assentando-o com água da pia. Ainda tinha sono, ainda conservava uns restos de sonhos, que o torpor da cerveja parecia tornar mais vivos, e por eles flutuavam, muito fugazes e inconsistentes, imagens confusas de seu tio e sua tia.

Lembrou-se da noitinha anterior no Bar do Padre. Quando a conversa entre Otávio e Flávio terminou, o primeiro saiu bambo, quase caindo na calçada defronte ao bar, chegando por fim à porta do carro do ano, que bateu com fúria. O protegido pareceu um pouco preocupado pelo que ouvira dele, mas daí a pouco já sorria e se misturava ao resto dos companheiros na sinuca. Bruno saíra correndo para se encontrar com Isa e ele tinha que sair também, embora seu rumo fosse hoje mais penoso — ir à casa de Donato Rocha, que o vinha convidando para uma conversa que parecia importante, e só depois relaxar talvez, sentado num daqueles tocos pintados de marrom-escuro que serviam de bancos para as mesas da Lanchonete do Anésio. Mandou "Dito Pisca" anotar o fiado, o que o homem fez não com boa cara, e foi se afastando, as mãos nos bolsos, pensativo.

Ser um Siqueira não significava nada de especial na massa amorfa de Souzas, Silvas, Oliveiras e Costas das famílias pobres da cidade, mas seu nome, Fúlvio Honório, nunca o agradara, preferia ser chamado apenas pelo sobrenome, e, quando ele fora por inteiro pronunciado na classe do colégio comercial na hora da chamada do professor pela primeira vez, arrancara um olhar espantado de Bruno numa carteira quase ao lado da sua. O que havia de engraçado ou infeliz em chamar-se "Fúlvio Honório" foi compreendido pelo outro com um risinho compassivo. Riu também, pois não havia outro jeito.

Começara, assim, na hilaridade mútua, a amizade de ambos e, sendo ele dois anos mais velho e um tanto mais desconfiado e experiente, natural que ficassem muito próximos, que se isolassem do resto dos alunos, sentindo-se superiores, trocando livros, falando de música, de filmes. As aulas, impiedosamente chatas, mal eram suportadas, Bruno destacando-se apenas em Inglês e Português, interessando-se um pouco por Geografia e História, ambos tendo em comum serem autores das melhores redações do colégio; passavam-se às escondidas alguns bilhetes, revistas, jornais e desenhos de mulheres nuas feitos por um colega de imaginação sexual desesperada, matavam aulas para pegar sessões no Cine Veneza, para vagar pelas duas praças e as duas ruas centrais à cata de qualquer coisa excitante. Vários anos dessas conversas e caminhos repetidos desprovidos de horizonte, conclusão de curso, diplomas, Bruno continuou sem trabalhar e ele nada fizera senão continuar a chatear-se irremediavelmente no serviço de um cartório, mudando-se depois para um almoxarifado da Prefeitura onde sentia a obrigação de ser relapso, dedicar-se mais às suas leituras e aos escritos. Foram uns bons três anos para escrever um romance e, quando decidira mostrá-lo concluído a Bruno, a resposta fora um balançar de cabeça constrangido: nada daquilo tinha muita vida ou importância, mas era preciso toda cautela para não magoá-lo. No entanto, como entre ambos o pacto implícito de franqueza tinha força idêntica a certas inibições, ele acabou dizendo:

— "Horas a fio"... um crítico filho da puta pode escrever que foram as horas perdidas que ele ocupou com teu livro. Acho que é a maldição de ter sempre vivido aqui. Não se tem muita coisa pra contar e então só dá isso, literatura de literatura, e eu também sinto isso nestas bostas que escrevo — parece que estou sob a sombra de algum "maldito" abúlico ou de algum outro pessimista numa versão provinciana de interior paulista. Impotências raivosas, atestados de incapacidade de viver. Não quero te chatear, mas isso teu lembra uma mistura incerta do "Caetés", que todo mundo sabe que é o pior livro do Graciliano, com alguma coisa do Bukowski. É grosseiro, é monótono.

— Tá certo. Eu mesmo não gosto desse personagem. Ele fica girando, girando, e não decide nada. Ele se acha melhor que o meio onde vive, mas não é nada, é apenas um sonâmbulo intelectualizado e, como não age, não se arrisca, se crê superior aos outros.

— Acho que nós dois estamos ficando exaustos de nós mesmos.

Na certa não só devido à crítica de Bruno, resolvera dar um sumiço, que chegou perto de quatro anos, ao fim dos quais voltou à cidade desinteressado por qualquer trabalho, já bebendo meio além da medida e com ares mais sombrios. Nunca fora exatamente bonito, nunca se vestira senão com a displicência de quem não presta muita atenção a roupas, e agora sua magreza, sua cor, herança dos pais mestiços que o deixava sempre um tanto inferiorizado diante do excesso de italianos de Verdor (bem sua tia dizia que eles eram "moscas no leite"), seu jeito franzino encimado por um rosto em que só os olhos escuros e grandes se destacavam, com um cabelo que por pouco não era pixaim, faziam-no mais contrito.

Estava envelhecido, ou parecia esquisitamente maduro. Dera o retorno como fracasso reconhecido, desolado porque voltar era a única coisa que podia ter feito, que restara para fazer, que oferecia algum conforto e referência. Até Bruno lhe pareceu, quando desceu na rodoviária junto ao mercado municipal e o amigo o saudou, vindo correndo em sua direção à porta do ônibus, uma espécie de condenação à mesmice, uma capitulação, apesar do calor e da veemência de seu abraço desajeitado. Não tinham muita coisa além de um ao outro e isso os tornava mutuamente necessários e propensos a se agastarem como forçados de uma mesma cela.

Não contou tudo que vivera, não queria falar da capital e das várias cidades médias e pequenas pelas quais vagara, era preciso esquecer muita coisa, mistificar outras tantas, não queria que Bruno soubesse com clareza o quanto custava arriscar-se no mundo mais vasto, longe daquilo a que, horroroso como fosse, estavam acostumados. Muito antes de partir, depois da crítica justa do amigo, rasgara o romance, mas voltara com outro que começara a engendrar numa noite numa pensão de B., umas das últimas pelas quais passara, solitário, com fome e com o dinheiro pelo fim, depois de tentar um dia como vendedor de pentes, sabonetes, óculos de sol e outras miudezas no meio de uma feira de camelôs. Nada falara do romance, tratava-o como uma coisa a ser feita com o máximo de meticulosidade e sem pressa alguma, da maneira mais secreta possível.

Mas o que mais queria, sempre, era não estar em casa, e os tios já não sabiam como suportar suas oscilações com a ajuda em dinheiro, os expedientes esporádicos, suas fugas sem muita explicação e seus retornos no meio da madrugada ou pela manhã já alta — o tio fazia o café quando ouvia o portão bater e os passos dele se dirigindo para o quarto dos fundos, a tia, um tanto apreensiva e mais capaz de compaixão, indo verificar se ele se deitara mesmo, se não estaria mal, se não precisaria de alguma coisa, por vezes levando-lhe um cobertor e deixando um Engov no banquinho ao lado de seu travesseiro. "Pra quê levar uma vida assim, Deus meu?", ela balançava a cabeça. "Se o Jura estivesse vivo, se o Jura estivesse vivo..." — lamentava o tio, que ainda considerava a morte do irmão quando Siqueira tinha seis anos uma espécie de sabotagem para prejudicar sua vida, impor-lhe um trambolho em formato de sobrinho.

Donato Rocha, um cinquentão que se esforçava, com relativo sucesso, para nunca aparentar mais que quarenta e poucos anos, barbudo e sem um fio de cabelo branco — claro que aquilo era tinta — abriu a porta, aparecendo num roupão bordô, um copo de uísque na mão. Era das duas ou três únicas pessoas a tratá-lo por Fúlvio, e o fazia pomposamente, não trocando o *éle* pelo *erre*, naquele sotaque verdorense que tornava seu nome mais feio ainda.

Desde que o conhecera, numa noite na Lanchonete do Anésio em que viera sentar-se à sua mesa, com uma autoconfiança em que não havia traço de hesitação, para falar do partido que representava agora na cidade e convidá-lo a se filiar, o seu desejo de impressionar, traduzido até na maneira de falar irritantemente alto, não cessava de espantá-lo. Na escrivaninha, com um computador novo cujos recursos lhe explicou, orgulhoso, ofereceu o uísque e ele não recusou. O homem riu de sua afoiteza em agarrar o copo e beber um gole violento, quando ele o serviu.

Reparou nos diplomas, troféus, nas muitas fotografias em que ele se destacava ao lado de figurões, de outros advogados e até de uma celebridade da música popular. Não resistiu a perguntar onde o conhecera. "Ah, sim, intelectual como nós, querido. Muito amigo da família de minha mulher..." Ele fez um sinal de espanto educado, mas achou que podia ser mentira, que tudo era um tanto equívoco, que havia megalomania no ar e dourado em excesso nas molduras. Havia uma pasta grande aberta na mesa. Traçara o projeto de um jornal, com suas ideias para colunas, um devaneio graficamente tosco que o enchia de entusiasmo. Uma arma necessária. O semanário "O Verdorense" nunca fizera senão refletir — e continuaria a refletir — o interesse dos donos da cidade. Estava mais que certo que ele mesmo, fundador e entusiasta maior, seria o candidato do partido para as eleições do ano, e precisavam combater com força e fé o ignorante do Alfeu Jordão, ganhador por antecipação, já que a política local era inerte, sem polêmicas, sem opositores, Jordões e Tozzis se revezando no poder, com seus candidatos, com seus ódios sonsos e admirações e invejas mútuas, havia bom tempo.

Lembrou-lhe que, como filiado ao partido, como intelectual reconhecido (ele pensou "onde?") e com alguma experiência em jornal, ele poderia ajudá-lo, e muito. Tinha apenas assinado uma ficha de filiação e não conseguira convencer Bruno a filiar-se também — avesso à política, achando Donato Rocha antipático e falastrão, Bruno nem entendera por que ele aderira ("nacionalmente, o partido tem uns nomes interessantes, pessoas que leio, que respeito", Siqueira justificou). Ficou espantado quando Donato se pôs a falar precisamente do amigo.

— Sei que ele escreve bem, soube disso por altas referências. Bem lá de cima, acredite. — disse, com ar impressionado, e Siqueira lembrou-se do eco das crônicas muito poéticas de "Bruno G. Alfieri" em certo círculo da "melhor sociedade" local. Um nome, ou melhor, um pseudônimo — "Hortênsia de Sá" — veio-lhe à cabeça, e ele o recolocou na pessoa real a que ele pertencia, com um risinho vago. Pensou ouvir trechos claros das ideias que "Hortênsia" tinha na voz de Donato: "Vamos precisar de gente como ele, esta é uma cidade de raríssimos talentos, precisamos amparar os poucos existentes. E acho que ele, tanto quanto você, querido, detesta esses Tozzi, esses Jordão, deve querer uma cidade realmente democrática, progressista". A diferença era que "Hortênsia" era casada com um Jordão e nunca se envolvia com política.

Isso continuou por mais uns bons dez minutos quando, não contente em falar com os cotovelos à escrivaninha, levantou-se, girou pela sala, acendeu um cigarro, firmou a cinta dourada do roupão que se soltava no quadril, abriu os braços, bradou, apertou as mãos contritamente junto ao peito, o cigarro caindo no carpete, e explicou os seus projetos da melhor maneira que conhecia: com uma exuberância interminável, nunca querendo senão persuadir, fosse qual fosse o melhor recurso para isso. Era de temer que se ajoelhasse e se jogasse sobre ele.

Cansou-se, mas era preciso ouvi-lo, ouvi-lo concordando sempre, e agora ele abria outra garrafa de uísque, estava decididamente arrebatado, abrindo o roupão e estufando o tórax peludo, proeminente como o de um cantor de ópera. Por que precisava exibir-se daquele jeito, por que achava sua masculinidade tão ímpar? Essa autoconfiança deixava-o agastado, com medo de que alguma coisa repugnante e impositiva o envolvesse sem que pudesse reagir. Mas o autoembevecimento do homem talvez o deixasse vulnerável e talvez fosse esse o momento certo para que ele pudesse falar de dinheiro.

— Ah, sim, posso, querido, claro que posso, uns fundos pessoais, umas coisas que o partido pode me mandar... mas você vai me conseguir o tal Alfieri, não vai? — Condição com a que ele tinha que concordar, ao menos momentaneamente, até que saísse a quantia que lhe permitiria pagar uma conta de três meses no Anésio e dar alguns reais aos tios, além de se comprar roupas e um novo par de sapatos. Fez um "sim" vacilante com a cabeça. Tanto quanto possível, nada de submeter Bruno àquelas coisas.

Donato olhou-o um pouco de esguelha, meditou, pareceu relutar, mas depois se levantou, resoluto, e tomou um corredor para a casa, demorando-se bastante. Siqueira se ergueu para olhar mais de perto alguns diplomas, títulos e fotografias, para passar os dedos hesitantes sobre o ouro falso das molduras, espantando uma mariposa muito escura que se escondera debaixo de uma foto de família. Pouco se sabia da mulher dele, mas era ela, fora de dúvida, uma loira apagada, de cabelo quase prata, ao lado do galã maravilhado por si mesmo, numa pose de uns dez anos atrás. A inexpressiva senhora do pavão. Nada de crianças — um velho sentava-se um pouco mais além do casal, olhando inibidamente para a câmara, com um imenso gato angorá no colo.

Ele voltou, viu-o olhando para o trio na fotografia e nada disse. Pôs algumas notas dobradas sobre a escrivaninha. — É uma ajuda, você vai me pagar com o trabalho no jornal. Mês que vem, se tudo correr como eu quero, vamos estar nas ruas. Sempre que precisar, não de muito — não tenho tanto dinheiro quanto pareço ter, viu? — eu empresto. Você circula pelos bares, conhece meio mundo, sei disso. Sei que pode me revelar muita coisa, vou precisar de alguém assim, todo olhos, todo ouvidos. Vamos contar com ajuda de muita gente boa, ouviu? Gente que não quer se mostrar muito, mas detesta os Jordão e os Tozzi também. A cidade vai mudar, tem que mudar. Ora, sou um grande estrategista político e você um formador de opinião.

Ele sorriu, concordando sem convicção alguma, sentindo-se obscuramente incomodado ao curvar-se para apanhar as notas e contá-las. Havia se abaixado o bastante para sentir de perto aquele perfume excessivo, misturado ao suor, e seus braços pareciam finos demais comparados aos do homem — tudo nele e dele acentuava sua fragilidade, sua insignificância, por contraste. Ele o acompanhou até o portão, ofereceu-lhe carona até a sua casa, sempre repetindo aquele "querido" que, de modo algum aflautado ou passivo, parecia-lhe ainda assim insuportavelmente íntimo. Pensando na óbvia comparação muda que seria feita entre a mansão e o lugar onde morava, recusou com jeito, agradeceu com um obrigado baixo e rouco, afastando-se. Era preciso não ser dócil demais. Ou seu valor como mercadoria acabaria caindo.

7
Musa enigmática

A Lanchonete do Anésio se enchia, o galpão que servia de refeitório, antiga oficina de conserto de automóveis, praticamente não tinha mesa sobrando, e o estacionamento improvisado ao ar livre, atapetado com brita, estava entulhado de carros. Encostou-se ao balcão para esperar por Bruno, olhando para os lados e vendo passar e descer dos carros pessoas que sabia bem quem eram, mas que pouco o interessavam. Era um lugar popular, amplo e democrático o bastante para acolher todas as classes, todos os tipos, tocado com determinação por Anésio e por Dalva, sua mulher que, pequenina, mansa, de óculos, parecia mais uma funcionária pública que uma proprietária e atendente de lanchonete, mas era o freio do marido agitado, impulsivo, falante demais. Uma televisão aos fundos transmitia um jogo de futebol, o vozerio era tumultuado, uma garçonete passava, irritada com algum freguês que a estava importunando em alguma mesa distante, cumprimentava-o apressadamente, maldizendo a bandeja bamba em que equilibrava baurus e latas de cerveja — ele a conhecia de outras noites quando, sem o uniforme, fugindo do lugar, misturava-se a grupos em comum em outros bares, em outros lados da cidade.

Anésio viu-o enfiar a mão no bolso da calça e, com um suspiro de alívio declarado, fez-lhe a soma da conta na calculadora, recebeu as notas estalando de novas, examinando-as contra a luz, brincando de achá-las falsas. Estava eufórico:

— Vou botar néon lá fora. Letras grandes, assim, "Anésio's", em cor-de-rosa, o que é que acha?

— Vai ficar bom, mas cor-de-rosa, camarada? Não tem outra cor? Não fica envergonhado? Muda o nome para "Dalva's" então, aí a cor faz sentido.

Anésio coçou o saco com vigor, como para deixar patente que era um macho ameaçador que ele estava provocando: — Que você sugere, seu bosta? — Perguntou com a boca retorcida, os olhos apertados.

— Acho que não precisa disso. Deve ser o lugar mais frequentado da cidade. E você nunca fez propaganda. — A lanchonete era cercada por alambrado e um enorme e estrepitoso portão de correr cinzento sobre o qual um letreiro comum fora pintado. Olhou para o relógio de Anésio, perguntou as horas, e estranhou um pouco a demora de Bruno. Ficou algum tempo com um copo de cerveja encostado num pilar do canto, se desviando de fregueses que vinham pedir alguma coisa no balcão. Quando se deu conta, ele já estava ao seu lado — sentiu a mão inequívoca em seu ombro, virou-se.

— Opa, como vamos? E a Primorosa? Hoje foi melhor?

Bruno balançou a cabeça no que pareceu um esboço cauteloso de negativa, pediu uma cerveja; Anésio avistou uma mesa que se esvaziava, apontou-a e apressou-os para lá, sorrindo, apaziguado pela adulação de Siqueira. Rumaram para ela prontamente, sentaram-se, Siqueira preferindo a cadeira junto à parede, para encostar-se bem, esticar-se, observar. Voltou os olhos para Bruno, que desviou os seus, cabisbaixo:

— Umas coisas que eu não compreendo... — ele começou a falar, com um ar distante — sempre uns silêncios, uns enigmas, umas tristezas que não quer explicar. E tem aquela prima. Não dá nem pra pensar em passar em frente à casa delas, ficamos ali na Procópio Luz, debaixo do caramanchão, eu olhando pra ninfa com cara de besta, ela sem falar nada, o casal mais silencioso do mundo. Não sei bem o que fazer.

Siqueira riu: — Beber; que mais? — ergueu o copo de cerveja, insistiu que ele erguesse o seu, brindaram. — Aliás, comecei a noite com uísque do melhor. O Donato Rocha me esperava com um copo na mão, deve ter todas as marcas mais caras num bar lá dentro. Que consultório, aquele! Nunca vi tanto dourado em toda a minha vida. Só faltava uma cadeira Luís XV... E, bom, olha aqui... — tirou as notas do bolso, balançou-as, diante da expressão de surpresa de Bruno — Nunca pensei que aqueles artigos que botei no "Verdorense" iam me atrair dinheiro um dia. E o homem quer você também... — piscou — no mínimo, alguma coisa para ir pagando nossas contas de boteco... Em troca, vamos ajudá-lo na campanha política, escrever num jornal que ele diz que vai abrir — declarou, receoso, examinando as reações de Bruno, cujos olhos traíam certo desapontamento.

— Não sei se vou me meter nisso. Eu entendo você, mas... — olhou para os lados, parecia incapaz de se afastar dos pensamentos que o oprimiam, fitando melancólico garotas ou mulheres já feitas que passavam. — Olha, não sei mesmo. Tenho nojo de política, sejam os Jordão, os Tozzi, ou esse sujeito e o que ele representa — tenho certeza que só representa a si mesmo. Não quero ficar publicando nada em jornal daqui, dá a impressão de que somos uns tontos pretensiosos, acentua o provincianismo da gente, sei lá. Sei que você vai dizer que a gente não pode ser tão aristocrático assim, só arte, só grandes pensamentos, só liberdade pra ficar num vácuo indefinido, bebendo e sonhando.

Mas tenho medo das coisas que a gente pode ser levado a fazer por um dinheiro que nem é tanto, deve ser uma merreca pra esse pilantra. — E no momento... — baixou a cabeça.
— No momento...?
— Não quero falar nisso.
— Você está nervoso?
— Tesão sem remédio dá dor nos bagos? Eu estou assim. Ela me enlouquece. Aquela boca, aquele jeitinho frágil...
— Ô, essa Isa! Você está com um problema mesmo. Mas, não vamos ficar assim, paguei o Anésio, estou me sentindo muito bem, finalmente... — a terceira garrafa já fazia seus efeitos, os olhos estavam ainda mais sonolentos — e sempre tem *Lady Ethel*...
— Pelo amor de Deus, compadre! Essa miséria, outra vez...?

    Siqueira não via sentido em tentar flertar com mulheres decididamente direitas, não teria paciência alguma para namoros que não fossem direto ao ponto. Nem confiava em sua capacidade de atração, seu apelo social era mínimo, achava que só prostitutas lhe cabiam, não se atrevia a querer outra coisa.
    No colégio comercial, quando tinham se aproximado, Bruno não lhe confessou sua pouca experiência, não seria louco para sujeitar-se à gozação, mas, por alguns sinais, entendeu que ele percebia, que não debocharia, que era complacente com o que devia parecer uma insegurança patente. Até porque o outro ficaria satisfeito em orientá-lo, e foi assim que lhe falou pela primeira vez de *Lady Ethel*.
— Quem é essa?
— É a Etelvina, que virou "Tervina" e acabou em "Terva", porque aqui tudo se abrevia. *Lady Ethel* não fica melhor, mais chique?
— Francamente...
— Tem também a *Mary M*...
— Que é isso?

— Maria "Metedeira", mas *Mary M* é melhor. Se você diz que esteve com *Lady Ethel* e com *Mary M*, o pessoal já te olha com mais respeito. Você melhor do que eu sabe que falar inglês enobrece...

Tinha que rir. Mas, daí a pouco, baixou a cabeça: lembrou-se de que muito antes de conhecê-lo nas carteiras do colégio, conhecia-o de longe, de rua, mas principalmente por ter sido abordado por ele à entrada do Cine Veneza. Siqueira queria que ele lhe traduzisse trechos em inglês do cartaz de um filme. Um tanto por não saber a língua tanto quanto ele supunha, simplesmente não respondera, rindo, meio contrito, meio desdenhoso — era uma figura que não parecia merecer sua atenção, não ia descer de seu pedestal inseguro por um pobre-diabo tão óbvio. Daí em diante, a língua — sobre a qual recorria a ele, de vez em quando, para algum esclarecimento — passou a ser assunto entre gaiato e opressivo para ambos.

— Com esse nome, "Tervina", meu Deus, será que vou ter coragem?

— Se você fechar os olhos ou jogar o cobertor sobre a cara dela e mandar bala, dá pra matar o tesão. De olho fechado, ela vira *Lady Ethel* fácil, fácil. Melhor do que nada, sempre é.

Desceram por uma rua que ia mudando de asfalto para terra batida, acabando num barranco à margem do Paturi. Era preciso atravessar uma ponte improvisada, de pouca segurança, que levava a um conjunto habitacional que nascia e que, a despeito de batizado oficialmente como Jardim Simpatia, fora renomeado popularmente como "Risca-Faca" e era inútil querer que os moradores lembrassem o nome oficial.

Siqueira bateu à porta de uma das casas que, minúscula, alguns caixotes de papelão, latas de cerveja amassadas e uma velha bicicleta na frente, estava numa semiescuridão iluminada em algum canto pelo azul da tela de televisão. Uma mulher, que a princípio ele viu mal, mas depois se revelou alta, mais para gorda, com um vestido justo rasgado em alguns pontos que acentuava seus únicos atrativos, a bunda e as coxas, e que estava descalça, veio atender, deu um beijo molhado na testa do amigo e mandou-os entrar.

Luz acesa, televisão desligada, o rosto se revelou — devia ter uns cinquenta anos, alguns cabelos brancos, o resto canhestramente pintado de louro, e não tinha os dentes da arcada superior — para piorar, era de rir muito, o que a obrigava a ficar com a mão na boca, tapando-a o tempo todo. Ele se deixou tombar num sofá, assustado, enojado, e daí a pouco Siqueira, que havia desaparecido para os fundos, retornou com um copo de cachaça, que fez com que engolisse. "Vou primeiro" — anunciou, passando a mão pela sua testa, todo fraterno, contendo um riso. "Você está pálido demais. Deixe de ser besta, ela não cobra nada, de vez quando só um dinheirinho pra arroz e feijão e pronto. Isto aqui não é antessala de cirurgia, pelo amor de Deus..." — riu francamente — "Não estranhe se escutar muito barulho. Ela goza gritando mesmo, não tem problema, os vizinhos estão acostumados. Vez em quando, fica até bom, ela grita, os cachorros latem, os sapos fazem coro, tudo vira sinfonia e aí tenho a impressão de que estou regendo a orquestra do mundo com meu pau. Não fique aí tremendo, porra; veja pelo lado bom..." — empurrou-lhe a cabeça, sacudiu-o para que se levantasse do sofá, onde estava praticamente paralisado.

Ficou em pé contra a vontade e escutou a princípio as risadas e algum objeto pesado caindo e provocando um "ui", mas depois tudo se nublou, turvou, e, girando, foi posto no quarto pelo amigo ainda de cuecas, entre risadas dele e da mulher, e pouco se lembrou do que havia feito, tudo lhe parecendo uma ginástica penitente ao fim da qual, com a pressa e a sofreguidão do despreparado, conseguira, conseguira, e se virara para um lado, ela puxando-o, xingando-o, pedindo que continuasse.

Teria continuado? Não, era mais possível que tivesse dormido com uma mistura de dor de cabeça e de lassidão pesada, torturado pelo calor. Pela manhã, a cara dela não se alterou, nada de abrir os olhos, só um ronco terrivelmente alto, quando ele bateu em retirada silenciosamente, tropeçando primeiro num urinol cheio e depois em alguns objetos indefiníveis lá fora, sendo cercado por um cachorro que demorou a recuar ante seus chutes e simulações de pegar pedras. Siqueira já se dissolvera no escuro, estaria em algum bar muito longe dali. Desceu um pouco pelo barranco do Paturi, encharcou o rosto, ergueu os olhos para a lua que ia se tornando um mero sinal de vaga foice no céu. Depois, vomitou.

Lady Ethel, claro, continuava a existir, se bem que obscurecida ou atendendo por outro apelido em algum outro bairro novo da cidade, e ele, que sempre tentara pôr uma pedra sobre isso, não podia esquecer que Siqueira não tinha outros meios e, pelas noites, elas, ninguéns com o chamariz entre as pernas, jorravam dos cantos escuros, apontavam nas lanchonetes, punham-se nas esquinas, chances de alívio não faltavam. Mas, ele não o seguia, não podia nem queria saber de tudo.

Tempos depois, ele o levou a um antro por trás do cemitério, um boteco com quartos ao fundo, sem nome, a que os homens da cidade só se referiam como "Boca da Morte" onde *Mary M*, "Chimbica", "Maritaca", "Fogaréu" e outras reinavam. Era uma mistura de bar com alguns produtos de mercearia e uma única mesa, ocupava um pedaço de uma construção que já havia sido uma granja, o que resultara no aproveitamento óbvio de alguns aposentos de fundos que eram até amplos, embora mal conservados, rendendo as piadas previsíveis. Todas elas, claro, o quiseram, seu louro de olhos verdes fizera sucesso, e ele escolheu a mais jovem e menos feia, "Maritaca". Ao menos tinha todos os dentes e era limpa, embora fizesse jus ao apelido e falasse sem parar, estridentemente, coisas que ele mal conseguia entender. Ousada também — tratou de montá-lo subitamente, sem aviso. Terminando, a boa sensação de saber mais um pouco sobre entranhas femininas misturava-se com a raiva infalível a Siqueira, que sempre desaparecia, deixando-o entregue de madrugada a caminhos ermos que raramente trilhara de dia, muito distantes do centro e das referências seguras, e ele temia os cães, os bêbados derradeiros, encontros, fantasmas, ainda mais ali, ao lado do cemitério — ia rente aos muros baixos evitando olhar para as cruzes e túmulos, não querendo pensar em histórias de lua cheia dos gibis e livros, olhando para trás para que as lâmpadas, ainda que fracas, do "Boca da Morte", o aliviassem do escuro que tinha que enfrentar. Mas não teve que vomitar dessa segunda vez e acendeu um cigarro com satisfação depois que já havia penetrado num bairro de casas normais e o território lhe ficara mais conhecido. Entretanto, a mãe andava lhe estranhando as calças amarfanhadas e culposamente meio sujas, os cheiros com que chegava em casa.

A cara que fez à lembrança daquelas mulheres era significativa o bastante para que Siqueira se calasse com um sorrisinho assassino. Ao compará-las com Isa, elas lhe pareciam inaceitáveis, e ela, afinal, o ensinara a ser menos brusco, menos ávido de posse cega, violenta e rápida.

— Melhor pensar umas boas dez vezes antes de ir pra um lugar desses.
— Confessa que não foi tão ruim assim, porra.
— Sim, reconheço, é ligeiramente melhor que uma punheta. Mas dá uma tristeza! Aquelas caras, aquelas camas, aqueles cheiros...
— É verdade, de uns tempos pra cá você pode escolher, pode desdenhar.

— Posso merda nenhuma. Você está sendo cruel. Não vê a merda em que estou?
— Só estou tentando ajudar. Vou pedir mais uma cerveja. Anésio, aqui!

A lanchonete começava a se esvaziar, hora em que invariavelmente surgiam tipos simplesmente aborrecidos ou absurdos, pedindo fiado, querendo ficar a despeito de não gastarem nada, importunando as mesas que ainda tinham fregueses. Anésio não hesitava em pegar a vassoura e expulsar alguns como quem expulsasse sapos — uns ainda se aproveitavam das risadas que provocavam, interpretando-as como complacência, porta aberta para que insistissem em pedir bebida com alguma esperança renovada — a essa altura, dignidade e amor-próprio estavam fora de cogitação. Agora, os dois eram cercados pela cara, os perdigotos, a boca enorme, desdentada, de "Voçoroca". Chegava assim, sempre rindo, sempre se aproximando abusivamente, numa hilaridade que na verdade não parecia engraçada e sim sinistra, por nunca desgrudar do seu rosto, como uma doença crônica. Dizia "com licença, com licença", mas já se apropriando, já tentando pegar algum copo, pedindo alguns trocos, insistindo e, com aquela espécie de riso fixo, a boca escancarada, cantarolando e engrolando coisas, pedaços de narrativas de futebol ouvidas pelo rádio, anedotas da televisão, nomes de cidades da região, nada que tivesse relação com o que se conversasse nas mesas. Bruno baixava a cabeça ou dava as costas, porque aquele rosto lhe dava um arrepio, não lhe parecia divertido, como era para outros, de modo algum.

O "Voçoroca" noturno de dia era um comportado Bartolomeu, que viam à luz do sol, diante da Procópio Luz, entrando e saindo em certos horários da antiga Casa Primor — tinha lá, depois de um portão e um corredor lateral, um quarto de fundos, e não era de conversar com ninguém, terrivelmente sério. À luz do sol portava uma dentadura que à noite tirava para dar lugar àquela boca, buraco voraz e imprevisível de onde saíam coisas como uma versão bem sua para o "Tico-tico no fubá" — "O tico-tico dá/ o tico-tico mete/ o tico-tico chupa pau e faz minete". — Tico-tico polivalente, hem, escrotão? — Siqueira riu e, hoje generoso, tirou do bolso uma nota amassada de dez reais. — Vá cantar naquela outra mesa lá... no fundo, à esquerda, aqueles dois caras de camisa xadrez. Estoura o saco dos dois e deixa a gente em paz por aqui. — "Com licença, com licença", ele agarrou a nota num bote muito rápido e foi se afastando.

Bruno se ergueu, ajeitou a cadeira, sob o olhar cada vez mais beatífico e amolecido de Siqueira. Não queria mais nada, e não conseguia afastar o rosto de Isa de sua lembrança — todas as vezes em que tentara fazê-la falar, na Procópio Luz, esbarrara numa seriedade obstinada, num silêncio que, caso ele insistisse, estava claro, poderia dar em rompimento. Beijava-o como se beijasse um pobre menino confuso, necessitado de consolo, mas parecia precisar de consolo tanto quanto ele ou mais, o que não dizia. Tinha, tanto quanto ele, a ânsia de que se fundissem, se devorassem, porque era a melhor forma de se entenderem, mas a casa estava interditada pela presença da prima e ele sem carro, sem lugar alternativo, sentia-se angustiado, cogitava de baixezas, de recursos absurdos, rezando por um blecaute propício, pensando em se valer de algum terreno baldio ou alguma construção vazia, o que nunca teria a coragem de propor a ela, e a ereção doendo. Sentiu raiva do quarto confortável ocupado pela mãe e Atílio, ao pensar nisso. Velhos para essas coisas, por que tinham que ter regalias que ele e Isa não tinham? Siqueira o olhava de longe, como se tentasse, em vão, sondar seus pensamentos desesperados. Ele pegou um dos cigarros dele, acendeu e despediu-se.

Ao sair, viu a chegada de um carro novo prateado lá fora, junto à calçada. Otávio desceu com dificuldade, mas acabou se aprumando e, sem cumprimentá-lo, entrou na lanchonete. Ainda teve tempo de vê-lo aproximar-se de Anésio, no balcão, lá adiante, e iniciar uma conversa. Balançou a cabeça, ao olhar para o carro — tivesse um daqueles e soubesse dirigir, não seria simples fazer como tantos outros, que iam para as estradas rurais em torno da cidade, no escuro, com namoradas? Amaldiçoou sua falta de dinheiro e o dinheiro que alguns podiam desperdiçar sem problema algum e atirou o cigarro para longe, avançando pela rua.

8
O órgão de Procol Harum

Onze da manhã, mas a hora mal lhe ocorria e seu corpo se retorcia, importunado pelo calor, mesmo com a janela aberta. Ouviu a voz de tia Rita em algum canto da casa, depois umas conversas de vizinhos, entremeadas por risos, um cão latiu, houve um estardalhaço de bem-te-vis e ele despertou, assustado. Riu de si mesmo, desse alarme inútil do corpo. Pensar na noite passada, na chegada lá pelas cinco da madrugada, depois das conversas com Otávio? Não. Precisava era de muita água fresca no rosto.

A tia viu-o entrar no banheiro e gritou que havia café na mesa. O tio foi apenas uma silhueta passando pelo vitrô do banheiro. Havia sol, sol já excessivo, e ele detestava esses dias de verão em que tudo era essa luz ubíqua, cruel, reveladora de tudo, de todas as ruínas, com a nitidez de uma radiografia. Espiava o dia adiantado com desgosto e sentia uma espécie de preguiça desesperada, que iria obrigá-lo a ocupar horas de lassidão com a televisão, os cigarros, algum livro, revista ou jornal lido no quarto, na cama, para onde invariavelmente voltava.

Era um abuso ficar em casa desse jeito, sob o olhar do tio, que ficava vagando pelos aposentos, nervoso, represando a indignação que esse sobrinho lhe inspirava, carregando seu rádio de pilha para lá e para cá para não pensar, e procurando se esquivar a ele — o que era impossível, pois era natural que se trombassem na exiguidade dos cômodos enquanto a tia cozinhava, enxotava galinhas e cães, falava ternas incoerências com um papagaio num poleiro que ficava numa pequena área de serviço acima de um tanquinho de lavar roupa.

Súbito, lembrou-se do dinheiro e foi apalpar o maço no bolso de suas calças, penduradas na cabeceira da cama, no quarto. Parou o tio numa de suas perambulações pela casa e entregou-lhe uma quantia que o fez olhar para as notas e voltar a olhar para ele, desconfiado. "Por um trabalho aí, que vou fazer. Ainda não virei traficante, o senhor fique tranquilo".

O tio suspirou, deu um sorrisinho desdenhoso de canto de boca, uma tragada funda no cigarro de palha e voltou a ouvir seu rádio, agora andando mais devagar. Quanto a ele, decidiu sair. Iria a um supermercado próximo e faria uma compra grande, para mandar para a tia. Aquilo garantiria pelo menos mais três meses sem caras e insinuações ferozes.

Em todo caso, começaria a beber mais cedo hoje. Tinha a impressão de que teria que beber cada vez mais, para suportar a incumbência de Donato e para não pensar seguidamente que tinha já 28 anos, logo se afundaria nos trinta e a sua vida não dava sinal de qualquer solução possível.

Bruno pensava seriamente em pedir ao padrasto que lhe ensinasse a dirigir, para depois lhe emprestar o fusca, com que poderia levar Isa para fora da cidade e talvez até a outras cidades da região para que ela ficasse mais tranquila, longe das possibilidades de encontros e olhares verdorenses. Fizera uma sondagem um tanto incompleta à mesa do café, Atílio estranhando as perguntas sobre o carro, sempre lá numa pequena cobertura que servia de garagem, aos fundos. Sentiu-o armar-se contra algum interesse adulador ou pedido importuno esmerando-se em evasivas, percebeu o ciúme que ele sentia do fusca e desanimou um pouco, não contando com apoio da mãe, que só lançava olhares de um para outro, parecendo pensar em alguma coisa muito remota.

Mais favores, outros abusos? — O padrasto parecia lhe perguntar silenciosamente com os olhos, apesar da afabilidade na voz que murmurava detalhes sobre o pão, o café, a margarina. Talvez a campanha precisasse de mais sutileza e demandasse um prazo muito lento, lento demais para sua impaciência, a sua ansiedade. A mãe talvez estivesse alheia porque desconfiasse com clareza ainda maior de seus objetivos. Em todo caso, estendia-lhe uma geleia com um sorriso tão meloso quanto a própria. Ele sentiu uma ponta de náusea, levantou-se.

Foi para o quarto, pôs-se à janela, girou pelo aposento sem que lhe ocorresse uma brecha qualquer, pensando em bater a cabeça contra a parede, em esmurrar-se, fustigar-se. Depois, a mãe lhe surgiu à porta e sentou-se na cama, olhando-o com cuidado.

A amiga a que recorrera para saber de Isa, uma onisciente Gina, sabia muito pouco — estava superficialmente informada sobre a morte dos pais dela no acidente e revelara mais sobre a prima, que era considerada figura um pouco misteriosa e sem relações capazes de fornecer algum fuxico mais definido, mas não parecia confiável, era dada a muitas viagens, cabeça sempre erguida, um ar de desprezo por gente que na certa considerava medíocre demais para seu gosto. "Ela é amiga dos Prates, você sabe. Essa gente sempre se pôs de superior a todo mundo. São tão finos quanto aquelas muambas do Paraguai que vendem".

Lina sentia-se acuada por toda essa vagueza e, nervosa, precisava extrair do filho alguma coisa mais clara. Mas ele estava com aquele ar de quem se decidira a tornar seus assédios cada vez mais ineficazes, olhando-a como se nada do que ela pudesse dizer fosse tirá-lo de seus pensamentos ou causar alguma mudança no curso de seus projetos. Ela levantou-se da cama e foi ao seu quarto apanhar o baú. Voltou com ele e, sem que Bruno houvesse se mexido de seu canto, como que tomado por algum pensamento que o exigisse imóvel, emboscado entre a janela e a cabeceira da cama, espalhou fotos, cartões postais e papéis sobre o lençol. Leu um poema curto de Germano, que sempre dissera que fora escrito exclusivamente para ela — ele o conhecia de cor e mal prestou atenção. Deixou as coisas ali e foi à sala, onde ele ouviu-a nitidamente tirar o disco de Lucho Gatica que o padrasto vinha ouvindo, substituindo-o pelos acordes imediatamente reconhecíveis do órgão no início de *Homburg*, do Procol Harum, do certo número de compactos simples, duplos e elepês que haviam ficado de Germano, pois ele usara a casa e a namorada, em suas passagens, como coisa muito sua, depósito displicente de que só ela tinha que cuidar.

Ela preparara uma trilha sonora apropriada e, quando retornou ao quarto, enquanto ouvia-se *...the mirror on reflection/ has climbed back upon the wall/ for the floor she found descended...*, soltou os cabelos que havia prendido num coque e que, apesar de embranquecidos, ainda tinham algum volume. "Lembra? Ele gostava muito desse conjunto e ficou furioso com a versão brasileira da música. Quando cantei, disse que era um assassinato. Bom, era o Agnaldo Timóteo que cantava a versão, "A hora do amor" era o nome, acho..." — riu. Não que entendesse as distinções entre gêneros musicais e suas origens, o bom e o mau gosto não difeririam tão claramente em sua cabeça, os sucessos do rádio e do disco a afetavam sob um critério estritamente sentimental ou emotivo, e respeitava as opiniões dele menos por convicção própria que para lhe dar o prazer de sempre ter razão — era seu homem —, mas Bruno as entendia muito bem. Pusera-se a aprender inglês nos primeiros anos em que a mãe o fizera ouvir aqueles discos, pois Germano incluíra várias letras, a de *Hom-*

burg entre elas, em versos de cartões ou folhas soltas, e ele ficava com elas na mão, diante da vitrola.

Agora, olhando pela janela, lembrava-se de como o simples som daquele órgão e da voz angustiada de Gary Brooker parecia--lhe sugerir outra cidade, um tempo mágico e ao mesmo tempo dilacerado pela melancolia, *the town clock in the market square/ stands waiting for the hour*, e o arrepio do que sugeria aquele final em que *the sun and moon will shatter/ and the signposts cease to sign*. A solenidade hierática da canção, cuja letra permanecia misteriosa, embora traduzida, nunca deixara de ecoar em algum canto de si onde parecia apontar para uma elevação cosmopolita de seu pequeno mundo. Fixou-se na vista lá fora, dando as costas à mãe, imaginando a cidade como um burgo europeu tão cinzento, remoto e ameaçado por hecatombes quanto a música. Isa, decididamente uma estrangeira que aparecera ali desorientada pelos inúmeros roteiros sem sentido que a vida lhe aprontara, estaria vagando por suas ruas, inalcançável, sempre entrando numa casa que ele não conhecia ou dobrando uma esquina para se enfiar por um quarteirão onde ele nunca estivera, guardando--se, esquivando-se.

Cravou as mãos no rosto enquanto pensava nos seus atos mal explicados, desaparecimentos para finalidades estranhas, e em suas tristezas herméticas e recusas silenciosas. A mãe, vendo que seria impossível fazê-lo falar, saiu sem ruído do quarto. Aos poucos, foi afastando-se da janela e, olhando para as fotos e papéis sobre a cama, ouvindo outro daqueles compactos — agora Jimi Hendrix cantando *there must be some kind of way out of here/ said the joker to the thief*, curvou-se e pegou outra vez na fotografia a cores para a qual sempre se voltava.

Era um lugar não definido — uma ponte, cujas vigas frontais e muradas apareciam parcialmente, mas era devorada quase totalmente por uma névoa densa, com formas muito vagas de árvores e casas do outro lado. Cismara que era uma passagem entre um país e outro, via ali um ar de fronteira, mas era impossível avistar carros ou pessoas — só se via o nevoeiro e a ponte era apenas uma insinuação. A imagem era hipnoticamente viva e Germano escrevera no verso: "Estive aqui e pensei em atravessar, mas não é hora, ainda. Grossmann estava comigo e fotografou".

Nenhuma indicação sobre o lugar, a hora, o dia, o ano. Fora inútil tentar fazer sua mãe lembrar quem seria Grossmann, se este fora mencionado em alguma conversa. Tudo que ela podia dizer era que sempre lhe pedia fotografias dos lugares por onde passasse, mas nada sabia das pessoas às quais se referia — tinha amigos em tantos lugares! De fato, havia um "Emil Sinclair" em Curitiba, um "Funchal" em Bauru, um "José Haller" em Ponta Grossa, um "Daydreamer" em Florianópolis, um "Motherless Child" no Rio de Janeiro, um "Condor" aqui, um "Duende" ali, e ele só podia imaginar impotentemente quem se escondia sob os pseudônimos.

Escrevera para alguns dos poucos endereços sobreviventes de envelopes parcialmente mantidos, e ninguém nunca lhe dera resposta alguma. Parecia haver pouca vontade de lembrar Germán Grano, ou estava enganado? Besteira, seu pai devia ser muito querido, especialmente pelos de sua tribo, tão pequena e excêntrica.

Além da fotografia da ponte, revia a vista de uns morros escuros, estranhamente soturnos, sob um céu de um alaranjado muito vivo, em algum ponto do interior mineiro — "O dia inteiro vendo urubus nesse céu, ao som dos Concertos de Brandenburgo. Os urubus dançam com Bach". Uma plantação de girassóis, ao fundo colinas muito verdes e um céu de um azul-celeste vivo, nuvens brancas fininhas como tiras caprichosamente enfileiradas, e, passando pelo meio, uma mulher coroada por pequenas flores brancas, de saia amplamente rodada e bata indiana —

young girls are coming to the canyon/ and in the morning I can see them walking.

Relia "estive aqui e pensei em atravessar..." e olhava para a ponte, pensando nos giros sem rumo de um músico livre, nas incertezas geográficas — afinal, ele vivera deliberadamente para as incertezas, coroando-as com seu sumiço final — e nos inúmeros lugares onde devia haver alguns componentes de uma tribo que, nos anos 1970, ele sabia, espalhava-se pelo país, produzia poesia em mimeógrafo, fazia anúncios sob pseudônimos místicos e psicodélicos no "Bondinho" e no "Pasquim", esperando o sol sair depois da chuva para apanhar cogumelos de zebu pelos campos, portando Carlos Castaneda e Hermann Hesse em suas mochilas nas caronas pelas estradas.

Os amigos, os conhecidos que tivera ali na cidade — porque não teria passado tanto por ela esporadicamente apenas para rever sua mãe —, por onde andavam? Lina pouco sabia deles: "Ah, sim, tinha gente de um conjunto, o 'Puritania Desbundada', se não me engano, que também formava um grupinho de teatro, mas não eram meus amigos, não gostavam de mim. Nunca mais vi aqueles tipos. Sei que uns foram morar em São Paulo, um parece que se tornou autor de peças infantis. Outros foram presos, sei lá. Muita droga, filho, e um pouco de política também".

Lembrava-se com precisão era de um Alejandro Montoya — deste guardara muito bem o nome, "um colombiano muito, muito bonito" que, negociante de pedras semipreciosas, uma vez aparecera ao lado de Germano e lhe dera um brinco de ametistas. "Passei a noite sem entender direito o que os dois falavam, à vontade demais no castelhano e fumando maconha sem parar, os danados. Mas o Montoya era delicado, bem-educado, apesar daquele cabelo, dos olhos de índio-bandido e do cavanhaque. No dia seguinte, na hora de ir embora, pôs a mão no meu ombro e disse que era preciso que eu lhe desse um sinal — se devia seguir *la rota de los Incas o la rota de los Guaraníes*. Olhei pro Germano sem saber o que responder, pensei um pouco e disse: *de los Guaraníes*. Germano me disse, depois, que foi a rota que ele de fato seguiu, do Paraguai, e se deu bem, vendeu muitas pedras". Contava com encontrar-se com alguém que tivesse de seu pai uma visão não velha, não parcial, como sua mãe, que soubesse algo não sabido por ela e que tornaria o pai mais seu. Siqueira, que não conhecera bem o pai, morto num atropelamento por caminhão, e só guardava umas vagas ternuras de criação da tia Rita e resmungos convictos do tio Venâncio, achara exagerada a sua aflição, quando ele tirara do bolso a fotografia da ponte no nevoeiro e a pusera sobre a mesa, afirmando que tinha certeza que Germano a atravessara — "Tenho certeza que é do outro lado que ele vive, hoje em dia". Incrédulo, ainda assim decidira ajudá-lo a apurar alguns indícios. Mas já iam avançando para os fins dos anos 1990 e o que restava daquilo? A boutique toda violeta e lilás de uma mulher que mantinha a moda do Esoterismo na cidade, talvez membros das famílias dos integrantes do conjunto e do grupinho de teatro — coisa que se provou esquecida ou pulverizada ou evasiva. A dona da loja parecia tudo, exceto alguém com um passado de "desbunde" e, se conhecera gente do tipo, não sentia vontade alguma de confessar. Aparecera um músico de uma cidade próxima, certa noite, na Lanchonete Damasco, com um sax enjoado, solos a Kenny G. "Claro que conheci o Grano" — dissera, mas era de se apostar que falaria com entusiasmo e afetação de conhecimento de qualquer nome que lhe pedissem, para se enturmar, para ser admirado. No entanto, tinha uma informação confiável:

— Última vez foi em Curitiba... estava *descendo*, me disse.

— Descendo?

— É, eu não entendi. Vi na Praça Garibaldi, perto da Fundação Cultural, tinha estado no apartamento de um tal de...

— "Emil Sinclair"?
— Justo, Sinclair... depois, tocamos juntos, fumamos unzinho...
— Consegue se lembrar quando foi isso?
— Hum... 77, 78. Não, 78, é mais certo. Lembro que era uma tarde de temporal, aqueles prédios cinzentos, umas nuvens negras avançando bem depressa, tudo muito ameaçador, os orelhões de acrílico roxo, as araucárias escuras... *pretty gothic*, meus caros...

Descendo? Demoraria algum tempo para que, apanhando um postal de Porto Alegre, datado de um junho de 1978, tendo no verso um "não sei quando apareço aí" — entendesse que *descia* pelo mapa dos estados do Sul, ainda que seus pontos de partida e referência fossem sempre provisórios. Imaginou-o, então, nunca tão afastado de sua Argentina ou de seu Uruguai de origem, espalhando-se por um raio geográfico não tão vasto, seu âmbito os estados do Sudeste, já que nenhum dos cartões ou dos amigos mencionados era de outros estados. Estremeceu quando uma vez, folheando por acaso uma revista argentina no consultório de um médico, viu, numa multidão de Buenos Aires, um rosto que lhe parecia inequivocamente o seu, com a barba, o cabelo caindo pelo pescoço, o corte e o figurino já ultrapassados. Mas era o fim dos anos 1980 e era certo que não teria mais, se vivo, aquela aparência tão convenientemente associável às fotografias e descrições da mãe.

Tinha que desistir sempre de qualquer possibilidade mais concreta de revivê-lo, tinha que não pensar, não especular tanto, mas bastava que certos tipos com características parciais, a barba, a estatura suposta, os cabelos daquele jeito e talvez falando castelhano aparecessem em qualquer lugar, incluindo a televisão, para que se animasse e a seguir, quase sem transição, ficasse perturbado, prostrado.

Talvez por acreditar que carregar a fotografia pudesse atrair alguma explicação, algum encontro feliz com um desconhecido que lhe pudesse decifrar o passado do pai, decidiu, muito mais tarde — depois de devanear muito com as imagens, reler cartões e cartas, como se esses sucedâneos da voz, da presença, da identidade, pudessem, de algum modo, significar como que uma longa e meticulosa sessão na companhia de uma pessoa concreta — sair com ela no bolso. Na sala, a mãe o viu chegar com um sobressalto e Atílio apareceu, apontando da cozinha com um maço de salsa na mão. Um momento em que o trio não soube o que se dizer ou fazer; foi Atílio quem o rompeu, encaminhando-se para a vitrola e, disfarçando mal a quase dor física que aquela guitarra lhe causava, olhou para os dois com ar de perguntar "posso?" e, eles não respondendo, desligou as dissonâncias de Hendrix e repôs o disco de Lucho Gatica.

Bruno demorou-se algum tempo sem ação, olhando melancolicamente para os dois, e depois abriu a porta, os passos ganhando a escada, enquanto Atílio voltou para a cozinha cantarolando *Encadenados* e Lina despencou num sofá, indecisa entre seguir o filho até o portão ou o marido até o fogão. Levou muito tempo até que tomasse uma decisão, levantou-se, pegou um cálice numa cristaleira e encheu-o de conhaque. Ficou bebericando-o, estática, os olhos vermelhos, arregalados, o calor parecendo piorar nesse horário, virada do meio-dia, nenhuma folha com brisa lá fora. Precisava de um leque. Era mais um dia — não raro, ultimamente — em que o filho não almoçaria com os dois, em casa.

9

A desaparecida e o pianista

Para o horário, estranho que não avistasse Isa em parte alguma da Casa Prates. Demorou-se junto à árvore defronte a uma casa da Rua Carvalho Mendes que dava para as portas da loja, para confirmar sua primeira olhada atenta e desapontada. Temia que sua presença fosse notada lá dentro, o que era mais do que inútil, visto que Abigail Prates, toda vestida de amarelo ovo e com seus colares de pérolas falsas, já o tinha notado e só balançara a cabeça, incrédula, não querendo olhar para ele mais demoradamente para manter-se digna e não ir além de certa dose de desprezo, enquanto outra vendedora, que também o conhecia pelas várias passagens, tapava um sorrisinho, espanando uns objetos enormes de cristal em formato de cisnes, patos e marrecos. Enfiou as mãos nos bolsos, nervoso, concluindo que era patético acreditar que se protegeria do olhar daquelas duas atrás do tronco de uma árvore e que podia exibir-se assim mesmo, dignamente, sem que elas merecessem mais que uma devolução de desprezo.

    Afastou-se devagar, pensando, e decidiu ir até a casa da prima, atravessando o longo trajeto de ruas do centro, passando pela Praça 12 de Maio, sempre de olho na calçada e fumando, não querendo ser tomado pela ponta crescente de um pressentimento ruim e contendo sua pressa para que a cisma não se concretizasse, o nervosismo não aumentasse.

Ela não lhe falara nada de sair do emprego, mas de que lhe falava concretamente, afinal? Era certo que a morte dos pais no acidente fora um choque tão grande que seus silêncios, suas poucas explicações sobre o assunto, sempre interrompidas por lágrimas, eram mais do que compreensíveis, e que a cidade não lhe agradava, depois de ter sempre vivido na capital, com curso superior, em meios mais refinados; decaíra de um emprego elevado para esse de balconista, a prima agindo como se fizesse um enorme favor em acolhê-la — mas, para tudo que a desagradava, tinha um ar de desgosto dispersivo, de tontice deliberada, como se a exasperasse ter que reconhecer o sofrimento mais do que o admitido dentro de uma dose suportável: o que queria era não viver da maneira que estava vivendo, mas a margem de fuga era mínima. Melhor que se entendessem por olhares, toques, afagos, por aqueles abraços, beijos muito ávidos e misturas de pernas e sexos cobertos por roupas que os deixavam exaltados e frustrados e os fazia se exaltarem e se frustrarem outra vez, como num grude obsessivo que acabava por, sem poder consumar-se, deixá-los extenuados.

A casa estava fechada. Julgou que devia ficar, mesmo assim, e ali o recurso de ficar na calçada oposta, oculto por uma árvore, não pareceu absurdo: uma antiga, cascuda e limosa, lhe permitiu esconder-se e olhar o quanto quisesse. Esperava que a qualquer momento uma porta, uma janela, se abrisse, e a tarde se encompridou e desgastou assim, ele ali, passando da posição em pé para sentado, depois para várias caminhadas ao longo da mesma calçada sem sair do quarteirão, percorrendo os cem metros e voltando e, de cada vez ansiando para que, numa das voltas, alguém houvesse aparecido. Atraiu a atenção de um sujeito que passara de bicicleta e que dera giros pela rua, parando para entregar envelopes nas casas. — Ei, posso ajudar aí? Quem está procurando?

Cabisbaixo, apertou bem os olhos sobre o ciclista, para verificar se valeria responder. Depois, fez apenas um sinal com a cabeça, designando a casa.

— As duas primas?

Fez que sim de novo.

— Vi quando saíram de carro. Acho que viajaram, hoje de manhã.

— Não brinca. Carro?

— É, uma caminhonete preta. Não conheço o cara que dirigia. É de idade.

— Tem certeza?

— Tenho, ué... eu moro logo ali — apontou uma casa de portão verde-claro, no quarteirão seguinte. — Quer deixar recado? Se voltarem amanhã ou depois, posso dar.

— Não, não é nada importante. Obrigado.

— Ô, rapaz, como eu queria te ver! Você vai se espantar quando eu contar quem se sentou para conversar comigo lá no Anésio. — disse Siqueira, meio alaranjado e róseo à luz do crepúsculo, bebendo num canto aberto a rua e céu do Bar do Padre. Pegou um copo na pia logo abaixo do balcão, passou-lhe uma molhada superficial de água da torneira e estendeu para que o amigo despejasse a cerveja. "O pianista", Bruno respondeu com displicência. Siqueira fez que sim, um pouco chateado por ele ter adivinhado tão facilmente, acrescentando: — Uma das conversas mais loucas que já tive na vida...

— Por quê?

— Bem, ele é tímido, nervoso, gagueja. Do tipo que precisa beber muito para abordar alguém. Foi logo dizendo que estava ali, naquela pocilga — falou *pocilga* mesmo, pode acreditar —

porque tinha que pagar a dívida de um amigo para o Anésio. E daí, sem mais, passou a me falar dos remédios que toma para dormir, uma lista. Nada que acabe com sua insônia. Um desespero, um desespero, não dorme faz meses. E me olhou e disse, você não vai acreditar, mas eu juro: "Será que, levando umas pancadas, não durmo? Se eu te pedir, você me bate? Aqui, umas porradas na cabeça?"

Claro que havia mais, e ele continuou: o sujeito engoliu dois comprimidos grandes, com cerveja, ele pasmo. Começou a arranjar pretexto para se levantar e dar o fora. Mas ele pediu mais cervejas, insistiu para que ficasse, agarrou-o pelo braço, implorou. Siqueira não sabia o que fazer, Anésio ria, fazia uma cara de "aguenta aí, palhaço", sentia que ia faturar mais, estava contente. Duas da madrugada, passava da hora de fechar, mas Anésio não ia ter coragem de fazer isso com um Bellini ali.

— Bom, você não deu uma porrada na cabeça dele, né?

— Nem pensar. Não dizia coisa com coisa, e daí a pouco já tinha se esquecido disso e, bom, começou a falar do Flávio e eu fiquei envergonhado, mas ouvi. Ele precisava de quem o ouvisse. Por que me escolheu? Tenho essa cara de quem atrai confidências, não tenho? Sempre tive...

— Você gostou disso, sempre gostou. Acha que confirma tua vocação de escritor, isso de as pessoas irem se confessando com você. Quando elas não falam espontaneamente, você dá um jeito de arrancar delas. Isso te orgulha, não faça cara de escrupuloso, compadre.

— Bom, é que...

— Abre o bico, vá. Você está doido por falar disso.

Otávio estava havia dois anos na cidade, para a qual relutara muito em voltar, pois saíra dela cedo, para estudar na capital, uma faculdade de Arquitetura nunca concluída, e depressa se metera com passeatas, apanhara da polícia, fizera pontas em teatro, tivera amigos nas artes plásticas, na música, no cinema, sem nunca se decidir por nada, sustentado por dona Carola que, não tido ele se ajustado à faculdade, sempre insistia em que voltasse para o interior, assumisse a fazenda legada ao filho pelo marido que lhe morrera cedo, já que ela a confiara a um irmão que não se empenhara muito por nada. "Não vou, não quero, não me dou com esses broncos, não vou, não vou", ele disse muitas vezes ao telefone, quase gritando, querendo chorar — não era justo que a mãe o quisesse de chapéu e botas, parecido com o pai, homem desgostoso com os gostos citadinos e com a tirania da mulher, que parecera ter morrido cedo por fuga ao fardo de conviver com ela e vê-la criar o filho único totalmente a seu jeito, sem ouvi-lo nunca. "Isso não é difícil, seu bobo. Você é muito inteligente, superior a esses jecas, vai fazer isso brincando, e precisamos manter o patrimônio...". Ele, no entanto, parecia ter ainda mais medo da mãe quando ela se mostrava doce e afetuosamente persuasiva do que quando esbravejava — e esbravejava com todos, apavorando os empregados da fazenda nas poucas vezes em que ia para lá, para vociferar diante de números anotados e guardados numa gaveta e gritar com o irmão relapso. "Não vou, ponto final", ele berrava ao telefone, mas ela não reconhecia ponto final algum que não fosse determinado por ela, e continuava falando, enchendo-o de "queridos" e "Tavicos" e choramingando do modo mais calculista possível. O resultado fora ele retornar, depois de anos e anos de metrópole, de viagens pelo exterior, de uma vida que não tinha como reproduzir ali. E não era pianista coisa alguma — apenas tocava algumas peças de ouvido só para si, já que para a mãe música era uma coisa inexistente, não a interessava de modo algum. Não saíra de casa, nesse primeiro ano e meio, lendo, tocando seu piano de vez em quando, escondendo-se das visitas recebidas pela mãe, que ainda insistia em mostrá-lo a elas como um trunfo, o filho "de cultura vastíssima", refugiando-se um pouco no trabalho no escritório da fazenda, onde era olhado entre mofa e pena pelo tio e ridicularizado pelos empregados pela voz débil, pela gagueira, pela incapacidade de mando.

— Ah, dá pra entender...

— Mas, te juro, não é afeminado, só tem uma voz que não impõe respeito, fraca, e tende a ficar lamurienta e meio histérica; parece a de um menino assustado, birrento, que não cresceu. Fiquei com uma pena desgraçada. Nunca vi sujeito tão deslocado, tão mal na própria pele. E é feio, viu? Acho que está cansado de saber que com ele alguém só vai por dinheiro... — Pareceu procurar na lembrança uma imagem da noite anterior que o resumisse, desistiu. — Não conhece ninguém direito, só pessoas do círculo da dona Carola, e andou arriscando-se a sair tarde da noite, já que não dorme mesmo. Conheceu o Flávio assim. Parece que foi lá por perto da pensão da Cida "Corvo", onde o puto bate ponto. Soube que a Cida até comida deu a ele, numa certa época. Esse Flávio de fato sabe cativar as pessoas pra se manter eternamente vagabundo.

— O Bellini não se envergonhou nem um pouco de falar disso?

— Estava alucinado de insônia, bebida e sedativos, não dando bola pra inibição nenhuma — desespero, mais nada. Teria confessado a qualquer um que estivesse ali. Perguntou se eu não queria dinheiro também para ficar mais um pouco com ele e quando me viu olhar pra fora, relutar, querer me levantar, disse "não é preciso me comer, claro que você não é disso". Meu, eu estremeci de pena, de vergonha, não sei. Dava murros na mesa, xingava o Flávio, falava coisas pavorosas da mãe. Implorava que eu concordasse. Quase enfiou na cara do Anésio umas notas amassadas, estava meio babando, vai saber o efeito daqueles remédios com álcool... uma agressividade sem jeito, me arrastou para o seu carro, praticamente, porque pareceu me achar digno de confiança. Só não ouvi mais coisas porque "Jurema" e "Giselle" surgiram — duas bichas que estavam por ali, nervosas, porque um sujeito andara perseguindo-as e acharam um alívio que ele as enfiasse no carro.

Suspirou para tomar fôlego, fechou os olhos, balançou a cabeça, como se para apagar coisas, e continuou. — Uma noite doida, rapaz, doida. Ele pegou uma estrada e fez coisas que nunca vi com aquele volante, deu uns cavalos-de-pau de arrebentar, as bichas gritando, tinha muito pó no porta-luvas e quis que todo mundo cheirasse. Depois, inventou de passar em frente à casa do Flávio cantando pneus, buzinando, e ainda desceu para atirar pedras na janela — ninguém saiu de lá de dentro. Tem ódio da mulher do Flávio, diz que é um tipo horroroso, uma tal Sabina, que lhe pede dinheiro também, "outro dia apareceu lá em casa com cara de coitada e disse que precisava de cem reais... dei com a porta na cara dela, mas foi chorar para a minha mãe e conseguiu o que queria, falando do filho novo, das necessidades de farmácia, leite, sei lá. Sabe muito bem o que o Flávio faz, se faz de sonsa e se aproveita disso. Chantagista, tentando faturar com o pau do marido. Que gente, que gente, meu Deus!"

Depois, ainda mandou "Jurema" fazer um striptease na Procópio Luz, subir no colo da ninfa e chupar uma das tetas. Apanhou uma máquina fotográfica do porta-luvas e fotografou aquilo, e eu ali, com medo de que aparecesse algum meganha, "Jurema" fazendo poses dentro da água, imitações da escultura. Ficou rindo, dizendo que aquilo era "a versão "verdorense e veadense" da Anita Ekberg no "A doce vida" — e "Jurema" sem entender nada, querendo saber que filme era esse e como vê-lo. Acabei dando um jeito de ir pra casa sem que ele me levasse — na verdade, eu fugi. Não tenho a menor ideia de como a noite acabou pra aqueles três.

— Olha a turma da sinuca chegando, sem o Flávio.

— É, e acho melhor a gente mudar de bar. Vai que o Otávio apareça por aqui. Sei lá, eu gostaria muito que tivesse dormido. Nunca vi ninguém precisar de sono daquele jeito.

Quando Siqueira pagou não apenas a conta do dia, mas os fiados em atraso, fazendo "Dito Pisca" não se conter e beijar uma cédula com estalo, Bruno se recusou a seguir para o outro bar que ele mencionou, cansado, sem querer lhe dizer da ausência de Isa na loja e da casa da prima fechada para a inescrutável viagem.

Tirou a carteira do bolso e abriu-a. Sob uma película de plástico, a fotografia da ponte. Alisou-a, olhou-a longamente, sentindo-se atravessar o nevoeiro, apalpando as muretas, baixar a cabeça sobre o rio também quase invisível sob a brancura densa — mais alguns passos e poderia chegar ao outro lado, saber exatamente que lugar, que país era aquele, e tomar um rumo que, infalível, o levaria até a casa onde encontraria o pai, o abraço, a barba perfumada que se encostaria ao seu rosto, os dois reconciliados, um só abraço, um só homem. Olhar para a fotografia era como pedir proteção contra dúvidas e angústias a um benfeitor desconhecido, ainda que se achasse inteiramente besta e piegas por usar a imagem como talismã.

10
Entre os ricos

Ao erguer os olhos para os letreiros de néon em alaranjado circundado por azul-celeste do restaurante Colônia — porque havia decidido dar-se ao luxo de jantar ali com o que restara, duas semanas depois, do dinheiro de Donato Rocha — Siqueira entrou devagar, olhando para os lados, mas nenhum olhar a temer, ainda — as figuras mais notórias chegavam para jantar mais tarde, por vezes bem tarde, por volta de onze da noite, especialmente nas sextas-feiras, e, por enquanto, só um cantor ensaiava num canto, tateando um teclado e começando e recomeçando *Imagine* numa imitação desajeitada só dos sons da letra original.

Sentou-se a um canto, ouvindo aquilo estoicamente, pensando em como o tempo vinha tornando essa canção, com sua propalada utopia humanista, em algo decididamente incorporado ao território da pieguice mercenária, e pediu um martini, que lhe chegou com a respectiva cereja — mastigou-a rapidamente, limpando os lábios do marrasquino enjoativo.

Não tirava do pensamento a prostração em que Bruno mergulhara nos últimos dias, deixando-o praticamente sem companhia na noite, recusando-se a sair de casa, não importando quantas vezes ele telefonasse. Ele soubera que Isa se demitira da

Casa Prates e que toda tarde Bruno se punha na árvore em frente à casa da prima, já atraindo olhares e risos das janelas dos vizinhos, como se a qualquer momento uma das mulheres pudesse aparecer e esclarecer alguma coisa. O ciclista passara por lá de novo e ele quase o forçara a explicar quem era o sujeito da caminhonete, tentando pegá-lo pelo colarinho, deixando o rapaz trêmulo, abalado, disposto a não mais passar pelo quarteirão. Quando Siqueira tomou a decisão de ir até lá e o viu encostado à árvore, a barba não feita, a roupa amassada, insistiu, rogou para que saísse do lugar, para que não ficasse exposto àqueles olhares e risadinhas das janelas, tentando arrastá-lo. Conseguiu, levando-o para um bar nas proximidades e despertando-o com um conhaque. "Que foi que eu te disse, rapaz? Mulheres!... Homem nenhum merece isso..."

Ele não falava, tinha os dedos cravados em seu ombro, arranhava-o, um pouco ria idiotamente, um pouco fungava e esfregava os olhos. "Não tenho a menor ideia, a menor ideia...", disse várias vezes, entre estupefato e chorando, explicando-lhe o pouco que soubera, o enigma da caminhonete, e declarando que sua vida estava acabada. "Acabada uma merda. Isso é dar poder demais a uma mulher; vamos lá, reaja, vamos sair por aí, beber um pouco, você vai esquecer".

Não, não queria nada, queria ir para casa, onde só era possível imaginá-lo acalmado com os chás de melissa de dona Lina, estirado numa cama, dando giros de afundar o assoalho, pondo-se à janela, enlouquecendo com a vista única do muro e das casas imutáveis e opacas. Do olhar obstinado e daquela boca só partia a cantilena "não tenho a menor ideia" e mais uns resmungos não muito claros. "Não posso dizer nada e acho que você não vai ter nenhuma ideia por mais um longo tempo", Siqueira disse por fim, decidindo levá-lo para casa e deixando-o num quarteirão anterior, mantendo um olhar vigilante até que, cambaleando e recompondo-se, ele chegou ao portão. Só se afastou quando teve certeza de que ele entrara, por fim.

Alguns casais se espalhavam aos poucos pelas mesas, e alguns daqueles filhos pequenos batiam facas e garfos, não se calando sob advertência alguma, para chamar atenção ou reclamar comida com impaciência. Ele começou a sentir o peso de ser estranho no ambiente: essas pessoas tinham o ar zeloso e desconfiado de quem conhece e preza bem um lugar devido à qualidade dos frequentadores e a rostos sempre previsíveis, desejados e dignos de orgulho e referência. Ele era um intruso ou um ninguém ou uma novidade a ser decifrada. Alguns olhares eram abusivos, reviravam-no como que procurando em seus avessos um rótulo que lhes dissesse quem ele era, a que classe pertencia. Não havia por que se preocupar, não estava vestido com tanto desleixo como habitualmente e o volume de dinheiro em seu bolso o deixava seguro, o imunizava, podendo fugir àquela curiosidade hostil olhando para o cardápio, a toalha, o cinzeiro, as fotografias de antigas vistas em preto e branco da cidade e a decoração *country* de lampiões, prateleiras com bules e xícaras de ágata, vigas de eucalipto expostas, uma cristaleira de mogno, uma canastra repleta de garrafões de vinho aninhados em palha e até uma garota com um vestido vermelho de bolinhas brancas, ruge nas bochechas, chapéu de palha e fitas, circulando com uma cestinha entre os frequentadores, para dar o clima.

Era preciso traduzir o espírito da terra, de proprietários de cana e gado, apreciadores de rodeios; o Colônia era tido como um dos mais luxuosos e mais requisitados em seu gênero, na região. Era de esperar que infalivelmente logo entrassem os "chapeludos", como Bruno os chamava, torcendo o nariz, e eles foram chegando, alguns realmente com chapéus e botas, membros das famílias Jordão e Tozzi, irmãos, primos, namoradas, que se reconheciam, se saudavam, faziam entre si piadas que provocavam risadas livres de qualquer discrição, gargalhadas na verdade, e não pareciam nunca se incomodar os outros frequentadores, tão hipnotizados pelo poder de casta que representavam que estavam mais do que convictos de que nada do que fizessem ou dissessem os desabonaria. Nenhum deles chegaria a 25 anos, apertados em jeans e às vezes usando camisas sociais finas de cor única, mas também cedendo ao xadrez cowboy que fornecia ao Colônia o arremate decorativo perfeito.

Sabia-se que, tarde da noite, alguns daqueles lampiões já haviam sido apagados a tiros, depois de muita cerveja, e mesmo alguns cavalos haviam sido amarrados à porta, por pura farra — em geral os "boys" empinados e incontestados andavam em carros do ano — e, se o proprietário se indignara, devia ter achado melhor calar-se. De lá fora vinha uma música ardida de toca-fitas falando de mulheres e boiadas, coisas colocadas quase sempre no mesmo plano. "Estamos debaixo do signo do Boi, aqui é só isso, essa sujeição, essa dominação de chifres que se erguem, narinas que bufam, patas que ressoam, estrume, cercas, pastos. É a fazendinha deles, e nós importamos menos que as bostas de vaca e macaúbas pisadas". — Bruno escrevera numa vez, numa crônica em que tentara explicar a vocação da cidade para a resignação e a sonolência e que, terminada, leram ambos na Procópio Luz, achando perfeita, mas impossível de ser publicada no "Verdorense", o proprietário o católico Cirilo Bortolotto, sempre trêmulo e reverente à menção de nomes de poderosos — aliás, primo distante de Alfeu Jordão, dono de bom número de cabeças de gado e de jornalistas nesse e noutros estados.

Pediu um filé à cubana e uma cerveja. O garçom que trouxe a garrafa, momentaneamente, tapou-lhe a visão de um grupo maior que entrava, do qual veio indiretamente um cheiro que lhe pareceu familiar. Baixou a cabeça: precedido pelo perfume, vinha Donato Rocha, mãos dadas com quem sem dúvida era a mulher loira da fotografia, pequena e magra, com uma franja que precisava afastar de lado a todo momento para lançar olhares meio furtivos para os frequentadores, intimidada, a boca formando um ricto ou de desaprovação ou de tristeza, e atrás de ambos um homem jovem bem mais alto que Donato, moreno claro, de olhos esverdeados vigilantes, lançando sorrisos inconvictos, tentando parecer à vontade numa roupa que visivelmente não estava gostando de usar. A gravata o incomodava, as calças eram apertadas, a todo momento ele suspirava, olhando sempre para os lados.

Donato não teria como não vê-lo, estando ele ali, numa mesa tão frontal, mas felizmente não o viu e seguiu para uma mesa de um casal, onde foi acolhido com sorrisos e abraços, a mulher sempre se mantendo mais atrás, sustentando um sorrisinho fixo, murmurando e apertando mãos debilmente. Depois, o trio instalou-se mais ao fundo, sob uma das fotografias maiores — a da Praça 12 de Maio em alguma década remota quando o café reinara, e o advogado pôs o celular no ouvido de maneira bem ostensiva, passando a falar alto. A mulher levantou-se e, seguida pelo olhar muito atento do acompanhante de tórax de ferro do casal, olhar que não a deixou um só momento, dirigiu-se ao banheiro devagar. No caminho, passou pela mesa dele e ele de novo espantou-se com seu aspecto débil e sem graça, piorado por um vestido vagamente cor de cenoura que, sem ornamento algum, cobria um corpo em que nenhuma forma era atraente ou generosa. "Bom, é só uma sombra, engolfada pelo marido...", pensou, começando a sentir fome ao ver pratos que chegavam, fumegantes, às outras mesas. Não tinha que pensar nisso e, se o homem o notasse, acabaria achando uma solução educada para sair depressa de um ambiente que não o acolhia de modo algum.

Os grupos que entraram a seguir começaram a ser mais copiosos e barulhentos, jovens misturados a outros jovens, primos, pais ou tios, homens maduros, algumas velhas muito pintadas e sorridentes e, por fim, quando lhe chegava o prato pedido e ele começava a lançar olhares de apetite para o figo, a banana e a carne de aspecto o mais macio e convidativo possível, deu com a cara inequívoca de Isa. Ela vinha ao lado da prima, mas daí a pouco ficou claro que as duas não estavam sozinhas: cumprimentando alguém discretamente no balcão da frente, um homem de seus setenta anos de imediato colocou com naturalidade uma mão de proprietário no ombro de Isa.

Era Floriano Tozzi, um dos muitos fazendeiros da família, sempre um tanto isolado em suas terras, de poucos amigos e atitudes reservadas que contrastavam com a aguda sociabilidade de seus irmãos e primos. Isa viu-o, arregalou os olhos e se recompôs depressa, puxando a mão da prima, que também o viu, e compreendeu que elas tinham que procurar uma mesa bem mais além — Floriano, sem entender a fuga das duas, parou para conversar com um conhecido. Os cabelos e o bigode parcialmente grisalhos emoldurando um rosto que tinha poucas rugas e se mostrava até mesmo aristocraticamente bem traçado, a estatura, o corpo esguio, as roupas discretas, davam-lhe um ar de civilidade incomum. Mas alguns gestos abruptos e certo ar de mando — a cabeça muito erguida para o interlocutor, um permanente sorriso um pouco torto, como se estivesse autorizado por natureza a considerar o resto do mundo desprezível — revelavam que, a qualquer momento, o dono de terras tipicamente Tozzi e truculento poderia emergir.

Siqueira afundou-se no ato de garfar alguma coisa, mal sentindo o gosto do filé, sabendo que as duas e Floriano haviam se acomodado lá para trás, e ficou pensando em como teria coragem para se virar. Mas não precisaria fazer muito para ter o pre-

texto de se levantar, passar pela mesa e confirmar o que estava patente. O acompanhante de Donato & Senhora vinha em sua direção, com um sinal de "é com você mesmo que vou falar, parceiro". Mais alto e mais robusto do que parecera um pouco ao longe — na verdade, parecia imenso — chegou à sua mesa com um sorriso e disse que o *Dr. Rocha* queria que fosse até eles. Fez um sinal de aceitação, apontou o prato por concluir e murmurou: — Daqui a pouco.
— Ele tem pressa.
— Está bem.

O lugar que lhe coube foi ao lado da mulher, que balbuciou um "Érica, prazer", olhou-o longamente, e, parecendo ter achado isso mais do que suficiente, deitou o olhar sobre outra mesa, sem mais lhe dar um pingo de atenção, esticando vez em quando os braços, como se as costas lhe doessem. "Querido, este é o Romano... — o advogado riu e bateu no tórax do homem como se reforçasse sua condição férrea — Romano, este é um jornalista, um homem muito... especial, quero que você o trate muito, muito bem, sabe? — E então, Fúlvio, não demora e o trabalho começa... domingo em casa, eu ia te avisar. Aliás, foi muito bom encontrar você. Veja... — tirou do bolso do terno cor de vinho uma folha, estendeu-a para ele — andei esboçando isso, e não é que por feliz coincidência te vejo aqui? Você pode ver o que acha, me parece ótimo, mas claro que, com teu faro, você pode desenvolver mais. Dará um excelente editorial, pra ter impacto de chegada, realmente. — Virou-se para a mulher: — Érica, você que gosta de literatura, sabia que ele escreve crônicas maravilhosas? Não viu no "Verdorense"? Não se lembra? Uns anos atrás... ah, você não tem acompanhado, compreendo. Sim, um talento, um talento. — Os olhos brilhavam, ele parecia realmente empolgado e orgulhoso pelo colaborador que tinha a exibir. — E teu amigo?"

— É ele o cronista. Eu sou "F. H. Siqueira", escrevo outras coisas, banalidades, sem talento para lirismo.

— Sim, me enganei, *I'm sorry*. Mas deixe de modéstia, escreve muito bem. Falou com ele?

— Ainda não toquei no assunto... — respondeu, evitando o olhar de Donato, cujo rosto estava bem em frente à perspectiva da mesa de Floriano Tozzi, Isa e Daisy e lhe dava algumas frestas, alguns lampejos, mas roubava-lhe a visão de conjunto. Por um instante, pensou ter notado Isa olhando para ele entre aqueles braços, gestos, vozes, e a explosão de uma música de teclado, bateria e guitarra elétrica que soou abusivamente alta e provocou alguns sobressaltos e risadas.

O lampejo captado de seu rosto, entre os rostos de Donato e sua Érica, era sério, preocupado. As conversas se encompridaram, sem muito sentido, gritadas contra a música, e ele achou meio de ir ao banheiro e passar pela mesa de Tozzi, quase raspando Isa em sua cadeira, com um naco de picanha perto da boca, num garfo parado no ar. Ao voltar, tomou mais duas cervejas, sentiu-se um pouco mais desenvolto e conseguiu sair da mesa de Donato dizendo "domingo, domingo, então", erguendo a folha que ele passara, fazendo com o indicador um sinal de entendimento e obediência, recuando com uma vaga reverência para Érica, debaixo do olhar fixo de Romano que, nessa menos de meia hora, o avaliara silenciosamente, revirando-o como quem o houvesse despido de alto a baixo e exercesse uma revista implacável da qual nenhum palmo de sua pele escaparia, ouvindo tudo que dizia, prestando atenção a cada resposta e olhar que Donato lhe dava. Era um medo generalizado, ou Floriano Tozzi lançava para ele olhares avaliadores da sua mesa também? Apressou-se em pagar a conta e ganhar a rua, fugindo de tudo, tangido pela música horrível, um velho sucesso dos Bee Gees numa versão ainda mais gemida e sentimental.

Na rua, um pouco de chuva e o ar da noite — mesmo que as casas altas, amplas e intimidadoras e os carros em desfile pela Vila Pinotti o incomodassem — o deixaram mais leve. Abriu a camisa, porque chuva alguma atenuava aquele calor, e passou devagar por uma inequívoca caminhonete preta, laqueada e com letras azul-claras que brilhavam num trecho mais para escuro do estacionamento.

Enojado com tanta riqueza inacessível e impune, confuso, ele procurou o escuro, e, junto a um poste, decidiu acender a minúscula bagana de maconha que tinha no bolso da calça. Pensava em Bruno e no que teria para dizer a ele. A ideia de desiludi-lo quanto a Isa de uma vez por todas parecia saudável, mas era cruel demais também. Na verdade, sentia que teria que deixá-lo viver, agora, no seu isolamento, na sua aflição de apaixonado posto de lado, consumindo-se à maneira que julgasse melhor. Se não quisesse atender aos seus telefonemas, que se fodesse.

Puxou um trago violento, fez com a cabeça um sinal de que aquilo até que merecia ser classificado de fuminho razoável, e pensou, vendo passar uma garota de nádegas quase independentes, que não ficaria mal encontrar "Chimbica", "Fogaréu", *Mary M.* ou algum outro corpo na noite que não demoraria a ficar alta. Iria até atrás do cemitério, se nenhuma delas ou coisa parecida aparecesse nas imediações de seu fim de noite habitual na lanchonete do Anésio. As cervejas no Colônia tinham sido poucas, embora o gosto do filé ainda lhe estivesse no estômago. Era bom comer num lugar de classe, dava-lhe a sensação de ter ascendido socialmente, de ser mais leve, mais atraente, mais fino.

11

Cinema fechado, casa à venda

Não tinha retrato algum de Isa, estúpido não ter pedido um a ela, estúpido ela não ter-lhe dado nenhum espontaneamente e, de um modo absurdo, lutava por fixar seu rosto na lembrança, com medo de que nem isso lhe restasse dela — os olhos de que se lembrava, agora, pareciam não combinar mais com o nariz, a boca, as orelhas, e refazia tudo penosamente, redesenhava mentalmente aquele rosto — Katharine Ross, não, não era exato, a semelhança era pouca, nada, nenhuma estrela de cinema era igual a ela. Esforçava-se por sofrer com mais precisão e fidedignidade, o que o fazia rir alto e chorar de pena de si mesmo. Por que ser tão escrupuloso em reconstituir um motivo para suplício?

Estava assim, comendo pouco, fumando desenfreado, semanas enfiado em casa, indo no máximo até o portão ou a um supermercado próximo buscar latas de cerveja, procurando não se irritar com a apreensão visível da mãe e do padrasto, dona Lina crente que já era caso para procurar psiquiatra, Atílio pedindo para que ela tivesse paciência e ele rindo de ambos, de seu zelo sentimental, tendo raiva de que fossem tão unidos e tão facilmente se entendessem, querendo crer que, toda vez que o telefone soava, seria ela, ela, ela, ela, e todo o mal-entendido estaria desfeito, e eles voltariam a se encontrar, e não teria havido nem demissão nem desaparecimento nem caminhonete preta. Quanto às coisas do "baú do Germano", estavam numa desordem completa, atiradas pelo chão do quarto, algumas das cartas pisoteadas, os cartões postais se misturando com pontas e maços de cigarro amassados; havia revistas chutadas para debaixo da cama e livros espalhados sobre o lençol; por vezes, por desafio, por ódio, subia ao parapeito da janela e dali mesmo mijava, tarde da noite, não se importando se alguém passasse rente ao muro e o visse. Dona Lina balançava a cabeça, incrédula, e a baixava para chorar quando sentia o cheiro infalível na jardineira estreita e comprida, nas manhãs seguintes. Certa folhagem de sua predileção já estava ressequida, morrendo.

Quando lhe pareceu que essa temporada de reclusão já tinha algo de esvaziado, decidiu, numa noite, tomar banho e vestir-se decentemente e arriscar uma ida até o quarteirão onde deixara de pôr os pés havia algum tempo. Para não enfrentar conversas com a mãe e o padrasto, saiu pela janela, aproximava-se a meia-noite, e cuidaria de atravessar a cidade sem passar por lugares que pudessem estar abertos e onde pudesse ser reconhecido. Alguma esperança absurda se acendera em algum de seus escombros interiores, num esconso que parecia consolador — nicho onde uma Isa intacta, ainda leal, ainda toda sua, ainda toda cheia de frescor noturno e dona de uns olhos que o reverenciavam e atiçavam, se abrigava, enrodilhada. Enfiou as mãos nos bolsos, sentiu vontade de assoviar, de novamente marchar como que em passo de dança para ir ao encontro da mulher que não, não havia desaparecido de modo algum.

Com jeito, era preciso evitar as duas ruas principais de comércio, Carvalho Mendes e Roberval Jordão, e, assim, viu-se, depois de uma caminhada em que suas pernas pareceram ter recuperado toda a agilidade de quando conhecera Isa, parado na esquina do Cine Veneza, ao fim da Rua Irineu Tozzi, comovido com alguma coisa que não conseguiu explicar bem — uma inesperada doçura ao sentir o vento no quarteirão escuro, com lâmpadas de mercúrio queimadas, perto do extenso prédio de um amarelo descascado. Uma corrente de vento mais pronunciada viera por trás dele, pela calçada, e empurrara folhas de uma canelinha alta, juntando-as com uns pedaços de jornais, numa espécie de redemoinho discreto junto a uma boca-de-lobo. Ali era confortável, e naquele instante sua vida inteira parecia presa a uma espécie de encantamento para o qual não conseguia uma explicação. O Cine Veneza não era mais nada, há anos estava fechado, o prédio era um ponto central demais e havia uma disputa empresarial para adquiri-lo que nunca se definia, mas, súbito, era como se tivesse se reaberto e voltado aos seus melhores anos, quando ele e Siqueira iam correndo para o próximo filme e ambos entravam, fosse qual fosse a atração, para sentarem-se em cadeiras distantes reconhecendo-se, se um dos dois se atrasava, pelas risadas no escuro, quando havia uma boa comédia. A esquina não parecia pertencer à cidade, mas a outro mundo, porque dava entrada para que se visse Isabella Rossellini cantando *softer than satin was the light from the sky*, Kathleen Turner com seu vestido branco ondulante numa noite tórrida em que saía para seduzir William Hurt, a garçonete Cecília olhando estropiada e enternecida para a tela do cinema Cairo, a replicante Rachel deixando cair suas mechas devagar ao som do piano de Vangelis. Bruno havia estacado para lembrar-se disso, para deixar-se levar novamente pela valsa da mulher-aranha do filme de Babenco e pela música de Morricone para "Era uma vez na América". Estava comovido e lamentava que tudo isso houvesse acontecido muito antes de conhecer Isa — não poderia levá-la para lá, não poderia olhar para o milagre de seu rosto enquanto a "Meditação" da "Thaís" de Massenet fluía pela sala de projeção à medida que as luzes de um azul-claro muito suave iam se apagando, antes do filme começar.

Tinha exatos 23 anos quando o cinema se fechara, despedindo-se sem que ninguém se importasse muito, com uma sessão de algum filme de Chuck Norris reprisado para um público pequeno. Virou-se para olhar para a entrada, para o que restava da fachada — ainda estavam ali partes da absurda pintura a óleo de uma gôndola com um gondoleiro com longa echarpe, bandolim, uns pedaços de laguna azul tendo ao fundo torres de igrejas, cúpulas e domos esmaecidos, mas o letreiro sumira. A porta cerrada estava coberta de tapumes e cartazes de atrações bem outras pela cidade — alguma palestra evangélica, um show de música sertaneja ou alguma exibição de rodeio. Sentiu um pouco de frio. A Praça 12 de Maio desenhava-se à sua frente, teria que cruzá-la rapidamente e descer para os lados da rua da igreja presbiteriana, que o levaria numa reta até a casa de Isa, em quarteirões a essa hora certamente desertos. Mas a lembrança o havia animado e pacificado. Sentia-se doce, capaz de ser absurdamente terno com quem quer que encontrasse pelo caminho, como se tivesse algum dom extraordinário a distribuir generosamente pela humanidade toda, sem distinções.

Era ali, era essa a rua, outra vez, e a única estranheza era a árvore, uma sibipiruna onde tantos dias se encostara para vigiar e esperar inutilmente, reduzida a um toco. Não compreendia essa hostilidade a árvores demonstrada para a cidade cujo nome, Verdor, acabava por soar como um escárnio. Os verdorenses tinham o gosto do veneno "mata-mato" espalhado para acabar com capim tiririca e o resto, paixão por cimentar, ladrilhar, emparedar, vedar, extirpar, exterminando quintais e deixando que ruas inteiras padecessem em aberto, sem um pingo de sombra de arvoredo, sob um sol implacável como poucos naquela região do estado — as espécies antigas desapareciam, e, com o aumento das extensões de cana de açúcar das usinas, a invasão de restos de mata por áreas de cultivo desenfreado de qualquer coisa que desse lucro passageiro, também os pássaros escasseavam — nunca vira nem sinal do tico-tico rei, dos pintassilgos, trinca-ferros e coleirinhas da infância que Atílio costumava evocar em momentos de loquacidade, quando estavam juntos em estradas, naquelas viagens mais para mudas.

O toco, o silêncio das ruas, um gato repentino que subiu precisamente no muro da casa de Isa e Daisy, deu uma olhada curiosa para ele e afundou-se no escuro do jardim. Quieto, uma quietude de quietudes que se empilhassem e adensassem. Mas, era preciso esperar mais um pouco. Acendeu um cigarro e sentou-se nuns tijolos mais ressaltados da calçada oposta. Não havia ninguém acordado àquela hora, e só em alguma casa a luzinha azul, a música e algumas risadas denunciavam uma televisão ligada. Tinha tempo para pensar em como a conhecera ou fora na verdade escolhido por ela, em como afinal a conhecera bem pouco, em como os dois haviam se lançado um sobre o outro como se tudo que importasse fosse um sonho de fusão, nada de identidades, nomes, famílias, empregos, terras natais. E, no entanto, eram tão menores que tudo isso que só tinham como recurso aguçar a paixão, tentando erguê-la infrutiferamente contra toda uma realidade muitíssimo mais articulada, armada e eficaz do que ela.

Tão linda, tão frágil. Ou era ele o frágil e ela sabia, desde o primeiro momento, que aquilo não duraria muito e pensava em saídas que não podia confessar a ele, levando em consideração as objeções da prima muito mais do que lhe ousava confessar? "Daisy é muito careta, muito durona...", dizia. No entanto, parecia agora que as duas tinham se juntado numa oposição ou numa indiferença escarninha contra as quais ele só podia esbravejar estupidamente. "A aspereza é que manda no mundo. Mulheres, mulheres...", ele pensou na objeção imediata que Siqueira teria à boca: "Tão práticas, tão triviais! Elas são muito mais realistas e cruéis do que pensamos".

Nunca vira o amigo se apaixonar, era sempre uma questão de ter onde aplacar uma ereção e extinguir a febre. A opinião vinha de sua preferência pelos livros daquele misógino sórdido? Ou naqueles quatro anos de ausência, dos quais falava pouco, teria conhecido uma paixão das grandes sim, e se desapontara? Talvez o invejasse doloridamente e por isso alguém como Isa fosse um triunfo seu que aceitasse só da boca para fora. Ela era linda demais para que ele não ficasse, com justiça, despeitado.

Uma mulher séria, madura, saiu de um portão ao lado do centro espírita, passou na calçada da casa de Isa fazendo um enorme esforço para não olhar e ser olhada, com pressa. Foi só depois de sua passagem, achando divertido que ela se esforçasse tanto para conter seu medo de um homem sentado na calçada no começo da madrugada, que ele reparou numa coisa que reluzia, com letras, na lateral aos fundos da casa, depois de um portão de gradis, no que parecia um depósito fechado ou uma garagem não usada. Uma placa. Levantou-se, aproximou-se do portão e leu. "Vende-se", um número de telefone, um nome de imobiliária. Baixou a cabeça, apertando o queixo com as mãos, apertando até doer, até parecer que poderia removê-lo. "Vende-se". A única coisa a fazer era voltar para casa.

Atravessou as ruas, encostou-se com frio no muro da igreja presbiteriana, lamentou não ter posto um casaco, cruzou a 12 de Maio sem ver nada, e, na esquina da Irineu Tozzi, o mesmo ventinho que lhe dera aquela sensação de paraíso repleto de Cinema e Música pareceu uma risadinha desdenhosa de folhas de árvore e jornal. Aquele gondoleiro era uma coisa horrorosamente *kitsch*, sempre fora, e melhor que no lugar dessa bosta se erguesse mesmo algum supermercado ou galeria ou dez ou vinte lojas de 1,99. Arrancou um cartaz de dupla sertaneja com força. Desceu a Carvalho Mendes agora sem medo de ser visto e reconhecido, que tudo se desfizera e não havia magia alguma ou nada a esperar de seu pacto com a madrugada e o sonho, e não se importava mais. Subia a rua um cortejo de carros muito novos, reluzentes, desdenhosos, tendo à frente um carro aberto com um casal de noivos, o noivo algum dos jovens dos Jordão ou Tozzi, ele não quis olhar, embora as buzinas unânimes lhe fizessem tapar os ouvidos. Virou na próxima esquina sem notar, na confusão de pessoas que haviam saído de casa para se deslumbrarem com o estardalhaço, que, desviando de um carro, esperando brecha para atravessar, Siqueira acabara de passar quase rente a ele, vindo na direção oposta de conversas noturnas na casa de um dos colaboradores do jornal de Donato Rocha.

12
No mundo de Otávio

Otávio, que passara a aparecer com muita regularidade na lanchonete do Anésio e por vezes era apenas um peso insone, engrolando palavras, xingando a mãe, batendo com força na mesa, estava lá, nos fundos do galpão, acompanhado por "Jurema" e "Giselle", entre copos de cerveja, maços de cigarro e algumas garrafas ofensivamente esparramadas pelo chão, que Anésio e Dalva às vezes iam recolher com resignação superficial, xingando-o, mas só pelas costas. Quando chegou, Siqueira viu-o de imediato e preparou-se para mais ouvir do que falar. Para adiar a ida infalível até a mesa do trio, parou junto ao balcão para conversar com Anésio e Dalva. Eles tinham um exemplar do "Nova Cidade", que saíra havia apenas dois dias, no domingo, e, rindo, fizeram uma careta gozadora de importância ao exibir sua foto que ilustrava uma coluna de opinião: — *F. H. Siqueira...* soa bem.

— Tomara que pensem que é Francisco Hermano, Fabrício Hernandez, Félix Homero, sei lá, tudo menos Fúlvio Honório... — ele riu. — Sei que muita gente nunca lerá isso a sério, vai ver a minha cara e dizer com certeza que é "o Siqueirinha 'passou das seis', aquele bebum da lanchonete do Anésio".

— Sai, besta. Isto aqui também é reduto de gente muito fina...
— Anésio disse, ressentido, e olhou para a mesa de Otávio, fazendo um sinal para que ele olhasse também. — Está aí, com aqueles dois... ou *aquelas duas*, faz umas três horas. Já riu muito. Agora, começou a ficar agressivo. Quem sabe você indo lá conversar...
— E tem jeito de escapar? Dalva, uma cerveja... — ele disse, pegando a garrafa e rumando para os fundos, onde Otávio o esperava com um sorriso, "Jurema" com um ar meio reverente e "Giselle" com seu olhar permanente de pseudomocinha assustada e frágil. A sua chegada pareceu inibir conversas que ele podia imaginar muito mais livres, íntimas e divertidas até àquela altura. Pegou seu copo e falou do jornal, para começar. Otávio o tinha folheado e não parecia nem um pouco impressionado nem desejoso de estender o assunto; "Jurema" o tinha visto na foto da coluna e isso lhe parecia coisa bastante séria e respeitável, o que tornava mais intrigante esse sujeito que na noite da fotografia no chafariz não lhe parecera muito mais que um pobre-diabo; "Giselle" nada tinha a dizer, porque não lia senão revistas de televisão e alguns livros românticos das bancas, parecendo achar que jornais desse tipo, com assuntos políticos, eram território estranho, prerrogativa desse grande enigma terrivelmente charmoso que eram os heterossexuais; ele, "mulher", não tinha nada a ver com essas coisas.

Siqueira só sentiu necessidade de se justificar junto a Otávio:
— Bom, é só um começo. A gente nem tinha um assunto para a primeira página, mas então surgiu essa questão do "Risca-Faca"... — a manchete dizia que o conjunto habitacional tinha problemas graves e que crescia desordenadamente devido à ação mercenária de gente do interior da própria Prefeitura, que andava emitindo autorizações de ocupação sob propina; era algo que o "Verdorense" jamais teria coragem de abordar. — Sei que está dando o que falar. Não é outra coisa que o Donato Rocha quer.

Otávio não sabia nem queria saber quem era Donato Rocha e o que teria ocorrido no "Risca-Faca", sentia-se no dever de desprezar tudo que fosse assunto corrente da cidade; portanto, fugiu à conversa com rapidez. Parecia querer que "Jurema" e "Giselle" se mostrassem, falassem mais, na expectativa de diverti-lo com as histórias que eles teriam para contar. Ficava feliz por eles dizerem coisas escandalosas com uma candura de pasmar.

"Jurema" era um mulato alto e forte, com um porte que seria ameaçador se, ao falar e gesticular, não se revelasse tão feminino. A incongruência lhe dava um encanto que devia ser o seu trunfo. Passou a mão pelo cabelo preto alisado, ajeitou seu único brinco, uma argola prateada bem grande, e baixou os olhos, como se precisasse escolher algum assunto que fosse do agrado dele, afinal um jornalista. Também queria parecer alegre, desenvolto, mas algo o incomodava. Lançava olhares para o portão da lanchonete, parecia sobressaltado quando um carro ou outro entrava. "Giselle", cúmplice, imitava esses olhares e tamborilava na mesa, bebendo pouquíssimo, só o suficiente para não parecer deslocado.

Otávio olhou para ambos e achou que devia revelar alguma coisa a ele: — Não sei como te contar isso, mas... — começou a falar, rindo. "Jurema" quis interrompê-lo, com sinais de mão que não passariam despercebidos a ninguém. — Lembra-se da perseguição, que estava deixando as "meninas" aqui nervosas, naquela noite? Bom, — ela continua. — Sabe por quê? Porque...

— Ai, cala a boca, isso é uma vergonha, "Tavico"! — Jurema baixou a cabeça, com um pudor não muito convincente, porque era claro que a perspectiva de que Otávio fizesse a revelação o empolgava também. — Foi um mal-entendido.

— Puxa, "mal-entendido" é quase literal, um grande trocadilho. — Otávio riu outra vez, e tomou mais a metade de um copo de cerveja. — Um sujeito aí, que saiu com nossa querida "Jurema" aqui.

— Quem? — Siqueira perguntou, sentindo-se sonolento, disposto a rir, um pouco instigado pelos risinhos nervosos de "Jurema" e o olhar tristemente aflito de "Giselle" Jurema adiantou-se:
— Edgar, garçom lá no Colônia.
— Não conheço. Mas, afinal...?
— Machão, casado, pai de três filhos. — Otávio ergueu a cabeça, fazendo um ar quase professoral e cansado, suspirando: heterossexuais precisavam de explicações bem didáticas. — A "Ju" aqui ficou entusiasmada, claro, porque Edgar é bonitão, robusto. O tipo do cara que não se acanha de comer um veadinho ou outro de vez em quando, já que o só o seu pau está sendo usado. Primitivo, bem brasileiro, cresceu enfiando em melancia e égua, por que não enfiar em outro homem? Aqui, homossexual ativo não é homossexual. É só uma prova a mais de potência.

"Jurema" balançou a cabeça, revirando os olhos, coquete, confirmando: — "Tavico", você sabe que não resisto a machões; são sempre uns cretinos, mas que charme, tão senhores de si, tão dominadores! Juro que achei que nem merecia um sujeito tão másculo como o Edgar. Estava dando minha voltinha com esse aí, muito mais "mulher" do que eu, mas ele quis vir foi comigo. O problema é que... bom, eu não esperava.

— O sujeito não se contentou em comer nossa amiga aqui... — Otávio riu, quase engasgando — Quis dar também.

— Pra mim, sem problemas... — "Jurema" disse, engrossando a voz, zombeteiro. — Não sou castrado. — Riu.

— Tenho certeza que gostou muito — disse Otávio, rindo.

— Achou dolorido. Mas aguentou. — "Jurema" disse, com orgulho.

— Sim, sim, ele gostou. E daí...

O silêncio repentino do trio enervou Siqueira: — Então...?

— Palhaçada, disse que eu o tinha seduzido, se aproveitado de ele ter bebido um pouco demais, como se eu acreditasse nisso de que "cu de bêbado não tem dono". Eu ia responder o quê? "Sem essa, assume que gosta de homem, porque é homem que eu sou, bem, mesmo que isto me contrarie um pouco; se alivie, ué, não tem nenhum problema", mas isso o deixou mais furioso ainda — "Jurema" olhou para o alto, afetando um ar de incredulidade ou de displicência diante de um absurdo consumado. — Quis me estrangular, juro. Escapei não sei como daquelas mãos enormes. Desde então, me persegue, diz que vai me matar. Já me parou numa esquina, tirou um revólver do porta-luvas e me mostrou. Saí correndo, era perto do Veneza, e acho que foi só por isso que escapei. Tinha gente na rua, tinha polícia, era *footing* de domingo. Mas, ando com medo. Muito medo... — e o rosto foi perdendo a espécie de bravata que vinha ostentando. — Esse aí — apontou "Giselle" — já anda ressabiado de sair comigo. Mas "Tavico" me protege. — Ele disse, grudando-se, feito uma criança dengosa, ao braço de Otávio.

Siqueira pensou que a proteção dele não era indissociável da escolha da vida social kamikaze que se propusera a ter para chocar a mãe e o tio. Nesse momento, era um quarentão com um decisivo toque pueril de birra e usava descaradamente o que devia considerar, tal como a mãe, gente bastante inferior. Já achara isso na noite em que praticamente obrigara "Jurema" a fazer o striptease no chafariz. Tinha rompantes de sua formação de rico, dava ordens que não admitiria que não fossem obedecidas, como um menino mimado que crescera cercado de empregadas para isto ou aquilo. Seu programa, ao retornar forçadamente para a cidade, passara a ser o de desgostar sistematicamente a quem esperava dele que fosse um herdeiro à altura das fazendas e dos métodos dos Bellini. Passava os dias num ócio ofensivo, dormindo até de tarde ou acordando cedo já para beber, fazendo seguidamente misturas de álcool com tranquilizantes e acendendo grossos cigarros de maconha em plena sala de visitas.

Dona Carola se exasperava e saía com borrifos de desinfetantes para apagar o cheiro, que temia fosse reconhecido pelas visitas. Mas ele aprendera que sua mãe, tão temível, podia ser aterrorizada, e não perdia oportunidade de fazer o que ela execrava como usar o banheiro de porta aberta, ouvir música a todo volume no meio da noite, abrir janelas para deixar passar os golpes de vento que ela temia e maldizia. Passara de filho intimidado a um quase dono da casa, a um sucedâneo simbólico de marido arbitrário e gritão. Agora, chegava a sentir certa pena dela, o que mais o enervava do que amolecia — era preciso não deixar esta compaixão transparecer pois, a qualquer sinal de consideração e bondade que ele tivesse, sabia que ela voltaria a sentir-se dona do terreno e a tentar controlá-lo com o mandonismo que era sua vocação mais forte.

Vingava-se. Uma vez, na única ocasião em que tentara se redimir e afirmar como homem numa zona, recuara, apavorado: à sua frente, a mãe tomara o lugar da prostituta que se despia e ele reconheceu, nauseado, nas pernas da mulher, as mesmas veias sinuosas, entre esverdeadas e roxas, que dona Carola tinha nas pernas gordas. A alucinação impediu qualquer desempenho ou esboço dele e, com um grito, para virar depois a piada da noite na zona, ele saiu do quarto.

"Giselle", que extraíra seu nome da série "A espiã nua que abalou Paris", dos livros de bolso de Brigitte Montfort de seu falecido pai quando ainda menino, era mais retraído, lânguido, de um loiro apagado, e fazia um par incongruente com "Jurema", porque era delicado e cheio de romantismos que o outro não perdoava: — Bicha atrasada, essa aí... — ria, obtendo riso conivente de Otávio — Pensa que é mulher, que nasceu no corpo errado. Se fosse ela quem o Edgar preferisse, ela diria não quando ele pedisse o que ele me pediu, nunca meteria no cu dele, diria que não é lésbica... — soltou uma gargalhada. — Agora, apaixonada por um motorista de ônibus que passa lá no bairro dela e vem pro centro, pode?

— Gregório, o homem mais bonito e decente que já vi na minha vida.

— Ele é assim, tá vendo? Já começou errado, com esse papo de decência...

— Tão lindo... tem os cabelos bem pretos e uma carequinha, uma tonsura assim... — fez o círculo na própria cabeça — e um sorriso perfeito. Ah, se eu pudesse, beijava um por um aqueles dentes! O uniforme, aquela camisa amarelo-creme, a gravata e a calça azul-marinho... ah! Ainda vou pedir um uniforme dele pra guardar pra sempre comigo. Sinto falta de ar quando o vejo simplesmente enfiando a camisa na calça, colocando o cinto, ou se olhando no retrovisor para ajeitar o cabelo, com toda aquela masculinidade. Não consigo nem descer do ônibus, de tanto olhar pra ele, quando está no volante. Não existe ninguém igual.

— E você não se declara? Querida, você acha que ele não sabe o que você quer? Que ele é tão inocente assim?

— Não quero conspurcar meu ideal.

— *Conspurcar*, olha só as palavras que esse louco me arruma! Sei o que é esse "ideal": prefere ficar adorando, tremendo quando vê o sujeito se afastar pra dar uma mijada, louco por ver e tocar.

— Os amores impossíveis são mais bonitos.

— Os possíveis enganam menos — interferiu Otávio.

— Sou amigo da mulher, batizei o filhinho deles... imagine, aceitaram minha sugestão: Antenor, o nome do meu pai... — enxugou uma lágrima.

— E o que é que a "esposa" acha disso? Você acha que ela ignora que você arde pelo marido dela?

— É muito amiga. Você não entende nada de sentimentos puros.

— O dia em que você parar de dar grana para o orçamento da casa, queridinha, verá como o sentimento puro acaba.

Otávio ergueu um copo e levantou-se, nervoso, rumando para o banheiro. Siqueira, entre levantar-se também para ir embora e ficar ouvindo o resto da conversa, não conseguiu decidir-se. "Jurema" olhou-o, como se o achasse engraçado em sua tentativa de se levantar e suas pernas bambas, sua irresolução. Pôs mais cerveja em seu copo. "Giselle" fez sua melhor cara de mocinha desamparada, olhando-o fixo também. Ele sentiu-se um pouco acuado, como se fixado do fundo de profundezas aquáticas pelos olhos ávidos de polvos ou outras criaturas indefiníveis. "Jurema" sorriu só com a boca, avaliando-o entre complacente e rancoroso, dizendo: — Sossega, ninguém aqui vai violentar você, querido.

— Tudo bem, mas não me chame de "querido".

Otávio, ao voltar do banheiro com os olhos lavados, subitamente decidiu que precisava ir embora, que estava com uma dor de cabeça insuportável, que os três o seguissem até o carro — e o tom não era de pedido. Siqueira pensou que não estava nada disposto a mais uma daquelas voltas para passar em frente à casa de Flávio, as bichas no banco de trás, e também era inquietante pensar que o tal Edgar pudesse aparecer e envolvê-lo, sem querer, numa confusão repulsiva. Não estava bem terminar a noite numa delegacia com o trio. "Giselle", servil, os olhos voltados para ele como alguém que olhasse para muito, muito alto — o respeito misterioso que sentia pelos homens que estranhamente achavam interessante possuir as mulheres — ajeitou a blusa como se tivesse seios, passou os dedos finos e compridos pelas sobrancelhas e levantou-se; "Jurema", de olhos postos no portão da lanchonete, também se levantou, tomando um último resto de cerveja. Depois, tirou um cigarro do maço que estava frouxo no bolso da camisa de Otávio. Siqueira começou a se despedir, sem inventar desculpa alguma.

Otávio fitou-o com olhos apertados: — Não quer ser visto com a gente?

— Não, não é isso.

— Então, está bem, não é isso... — ele deu um risinho incrédulo. Mas, compreendia, e talvez se deleitasse por significar perigo para algumas reputações: era essa má fama que queria que chegasse aos ouvidos da mãe. À frente das "meninas", trôpego, arrastou-se pela cobertura de brita do estacionamento, abrindo seu carro. Elas o seguiram, devagar, olhando para os lados e foram ocupando assentos alegremente, assim que constatada a inexistência de qualquer Edgar ao redor. O carro saiu com uns rangidos provocadores e espantou um cão que se acomodara na rua, para o qual Otávio esganiçou um palavrão. Siqueira ajudou Anésio a fechar o portão e tomou o rumo de sua casa.

13
Gemidos do tio

Desde que o jornal saíra, com distribuição gratuita, ele sentia precisar da opinião de Bruno, mas não conseguira mais do que deixar um exemplar do tabloide de oito páginas, com poucos anúncios publicitários, na varanda dos Alfieri. Pusera-o sob a porta da frente e o jornal fora puxado. Ao chegar de volta à rua, viu dona Lina afastando um pouco a cortina da janela dianteira e conferindo silenciosamente quem estivera ali, voltando silenciosa a ser uma sombra sob o pano. Chamava-o de "malandrão", sempre, nunca tendo deixado de deixar patente, desde que ele se tornara o amigo mais constante de Bruno, que ele não era alguém digno da amizade de seu filho. Fazia-o sentir-se ainda mais pardo ao escancarar a brancura cada vez mais rosada, olhando europeia para ele, com seu pé na África, como se temesse uma infecção. Sabia que ela não diria que ele estivera lá — quando telefonava, a resposta invariável dela era que ele estava dormindo ou no banho ou que não podia atender no momento simplesmente. Atílio estava orientado para repeli-lo e desanimá-lo também.

Não ver Bruno tornava mais inquietante a temporada que atravessava. Refizera praticamente todo o editorial esboçado por Donato, uma peça de retórica nauseante em que o semanário se anunciava como a salvação do progresso e dos valores tradicionais da "brava gente progressista" de Verdor, sem mínima consideração para a contradição patente. A manchete da confusão no "Risca-Faca" fora uma decisão dele, para chegarem com impacto, mas, apesar do título, não era uma denúncia tão contundente, o texto era cauteloso. De resto, era preciso que se recheasse aquelas oito páginas, curiosidades, astrologia, uma coluna social, resumos das telenovelas e outras atrações de tevê, alguns anúncios improvisados e gratuitos, uma misteriosa chamada que dizia apenas "Ele chegará", tendo ao fundo a silhueta de uma cabeça masculina (a de Donato, composta em nanquim por um desenhista descoberto na redação) e fazendo pensar em algum novo pastor de seita evangélica pelos bairros.

Donato tinha uma casa vazia por alugar, perto do centro, e era ali que estavam se reunindo diante de dois computadores, pastas, fotografias, disquetes e, de vez em quando, a passagem vigilante de Romano, que os olhava sem entender muito bem, mas disposto a defendê-los do que quer que pudesse ameaçá-los, indo com frequência até o portão para olhar para a rua central, em seu ofício de amedrontar pela simples presença.

— Acho esse lugarzinho um charme. Base de um futuro jornal que, vocês verão, terá oficinas próprias, dominará a região toda... — dizia Donato, dando-se ao trabalho de aparecer duas ou três vezes ao dia para ver o andamento das matérias e, invariavelmente, dar palpites que tornava até os simples anúncios, de textos objetivos, meio pomposos. Com a mão no ombro direito de Siqueira, esticava o pescoço perfumado até a asfixia para a tela, lia o que ia sendo digitado e dizia: — Fúlvio, querido, não é melhor mexer nisso? Está meio agressivo. Não queremos ofender ninguém. Queremos conquistar pessoas. Queremos fazer um jornalismo mais moderno do que aquela coisa caquética do Cirilo Bortolotto, mas não precisamos ser imprudentes demais, não é? Quanto a isso aqui — assinalava um adjetivo com a unha do indicador imaculadamente tratada — tenho minhas dúvidas... — Sem entender o que devia ser feito a partir dessas dúvidas, Romano se enrijecia em seu posto, encostado à porta, pondo-se alerta e disponível ao patrão. Donato fazia com a mão um gesto que o apaziguava, como se tivesse um poder mágico capaz de inflar e desinflar aqueles músculos.

Para o primeiro número, haviam se demorado muito, atravessado noites, escrito inúmeras vezes coisas que não o tinham agradado e precisaram ser reescritas. A distribuição pela cidade não o satisfizera e ele sentira falta de uma repercussão maior — na verdade, estava sendo olhado com certa atenção, embora incrédula, pelo grupo político da Prefeitura e havia alguma movimentação e falatório em ambientes que não frequentava. Dentro de seu carro, atravessava o centro, Carvalho Mendes e Roberval Jordão, muito consciente de que podia estar sendo olhado, falando alto ao celular e cumprimentando a todos, sem distinção de classe. Talvez o complemento dos olhares nada benevolentes de Romano ao volante persuadisse os cumprimentados a responder muito mais do que qualquer simpatia sua.

O segundo número tivera impacto menor, mas o terceiro não passaria sem comemoração — era preciso mais barulho — e convidara os colaboradores, outras figuras do partido, vizinhos, amigos, alguns nomes temerários, violeiros, xeretas, puxa-sacos de última hora, para uma festa dentro de semanas. Gostara dos artigos e habilidades dele para preencher vácuos com o que quer que fosse e não dera, felizmente, palpites demais para que os modificasse, já que "F. H. Siqueira", afinal de contas, possuía um estilo, era reconhecido por certos temas e alfinetadas. Ele já não se sentia tão ferino, porém, e imaginou quantas concessões ainda teria que fazer até perder o gume.

Era possível dali onde estava ouvir o ganido de seu tio no quarto mais para o fundo, bradando um "uá-uá-uá" raivoso, por tê-lo ouvido chegar praticamente de manhã. Era o único som que conseguia fazer, desde que fora derrubado por um derrame, e ele o aplicava a tudo, da aprovação a uma comida que dona Rita lhe servia a um desesperado protesto contra algo que não lhe parecesse bem na casa. Não havia meio de Siqueira fugir, pedia ao jornal quantos vales precisasse a qualquer momento, pois tinha que encontrar condições para que ele fosse tratado com dignidade pelo médico adequado, com os remédios corretos, que não eram baratos. Tia Rita acabava ficando com todos os cuidados, já que ele se ausentava de casa, não suportando os "uá-uá-uás" que eram bradados o dia inteiro — o tio não estava bem numa posição, não estava bem em outra, queria levantar-se e andar e não podia, convulsionava-se quando era preciso que a mulher o levasse a fazer suas necessidades, reclamava de ela dar mais atenção ao papagaio no poleiro acima do tanquinho e às panelas das quais não podia logicamente se afastar o tempo todo.

Exausta, ela puxava o avental para o rosto e chorava. Seria preciso que ele conseguisse um enfermeiro para cuidar dele, para que ela tivesse um mínimo de descanso. Mas, enquanto nada disso era possível, ficar em casa estava se tornando difícil demais. Ainda que trancasse o quarto, se refugiasse em revista ou livro, fumando, lutando contra o calor em cuecas e com o peito exposto ao ventilador, os "uá-uá-uás" chegavam com toda nitidez ao ouvido, ele se remexia, xingava, estremecia ao ouvir dona Rita dizer, fatigada: "Que é, Venâncio? Que é, velho? Não tem nada ali, não tem visita coisa nenhuma, ninguém, só o *menino*, lá dentro..."

O papagaio soltava um grito, como que protestando. Uma vizinha falava alto, aparecia pelos fundos para oferecer rama de mandioca, puxar conversa, deleitar-se com as descrições do estado lastimável do doente que arrancava de dona Rita. Siqueira a xingava mentalmente, pensava em sair do quarto e ir lá expulsá-la da cozinha. Continha-se. Levantava-se.

Rasgara o "Horas a fio", mas ia bem com o novo romance, embora a conta-gotas, jamais dedicando a ele o tempo que era necessário ou porque lhe faltasse este tempo ou porque, quando o tinha, como agora, não queria escrever. Parecia-lhe que a facilidade com que produzia palavras, até os terríveis textos de publicidade e a página de Astrologia do jornal, o desgostava de seu suposto talento literário — desconfiava que era preciso um texto inteiramente não concessivo, ascético, duro, desesperado, para redimi-lo de tanta leviandade com palavras a tão baixo preço e sua preguiça ou seu desgosto o paralisava.

Mas, dessa feita, sentia que ergueria a história certa, uma história que brotava indiretamente da mulher e do homem que estavam ali, numa fotografia de casamento para a qual lançava uns olhares desconfiados e melancólicos de vez em quando, no corredor de passagem entre o seu quarto e o dos tios; não raro tirava-a da parede e guardava-a nalgum canto de guarda-roupa ou cômoda para não ter que vê-la até sem querer, mas a tia sempre a descobria e repunha no lugar. Nela, Jurandir Agenor Siqueira e a mulher, Mariana, também "Marianinha" e, por fim, "Aninha". O diminutivo final lhe fazia justiça: ela era pequenina, ficava até um pouco abaixo do ombro do amplo e robusto Jura, e, numa outra fotografia, das que a tia guardava com mais ciúme, aparecia muito bonita em sua quase mulatice tímida e vagamente coquete, os cabelos negros crespos, os olhos grandes, um sorriso acanhado e, mesmo assim, insinuante. Jurandir a amara loucamente, e nessas coisas a tia Rita, melhor do que o tio, empenhado em conservar a boa imagem do irmão, lhe revelava a verdadeira história: não tinha como não amá-la, adorá-la, porque fora das moças mais disputadas em seu tempo e se encantara por ele, marceneiro de pouca renda — ele a recompensara por escolhê-lo trabalhando como louco para lhe dar uma vida parecida à das patroas que ela tivera antes de se casar e de cujas casas vivia falando com inveja e tristeza. Tudo lhe parecia pouco para Aninha, e ela desfilava como uma mulher de posses muito superiores a quaisquer outras mais claras e casadas do limitado bairro de casas populares. O inesperado, porém, foi que, talvez por entediada, de tanto que ele a poupava de trabalho e a mantinha trancafiada em casa, começara a beber. E a flertar abertamente com outros homens. E, exasperado, Jura às vezes a levava para um cômodo dos fundos para bater-lhe de cinta, chorando, esperando que os vizinhos não ouvissem os seus gritos. Nenhuma surra melhorou seu comportamento. Não demorou para que fugisse de casa no ano seguinte ao seu nascimento, quando já dera para escandalizar o bairro caindo pela rua, debochada e aberta ao homem que a quisesse. Acabara seguindo com outras mulheres para L., para a zona que servia aos homens de toda a região.

Consciente da dor que a história devia causar nele, a tia moderava o caso, enveredava por atalhos para contar-lhe a história, mas, desde a primeira vez que, em cochichos, lhe falara com mais franqueza, talvez para vingar-se da hipocrisia com que Venâncio se referia ao irmão morto e à cunhada infeliz, ele sentira-se condenado a odiar a lembrança de um pai carrasco, ainda que com aparente bom motivo de honra, e a defender uma mãe que lhe parecia imensamente frágil e conduzida a um casamento que a desapontara e do qual se vingava de modo suicida. Tia Rita lhe dizia que, em segredo, por alguns anos depois da morte de Jura, ela lhe mandara dinheiro para vesti-lo, pô-lo na escola, ajudar nas despesas de sua criação, dinheiro de que o tio Venâncio talvez soubesse a origem, mas achasse mais honroso parecer ignorar, até porque era uma ajuda de que precisavam. O dinheiro parara de vir a certa altura, e, por um bilhete assinado toscamente por outra mulher "daquele lugar", como ela dizia, tia Rita soube que morrera e se recusou sempre a dizer de que doença. Quanto ao acidente que lhe levara o pai, falava-se pouco, Jurandir Siqueira a tal ponto descrito como um homem aniquilado pelos cornos notórios, metido com bebida e silencioso frequentador dos marianos na igrejinha do bairro, que o ter sido colhido por um caminhão cheio de frangos e galinhas parecia não mais que o fruto de um descaso oportuno. Aninha fora a mais bela obra sua e também seu maior fracasso.

Foi até a fotografia no corredor e tirou-a da parede, mas não para escondê-la inutilmente da tia outra vez. Soprou o vidro embaçado, procurou um pano, tirou o pó, limpou a moldura, e a repôs no lugar. Devia a esses dois uma história que ao mesmo tempo lhe permitisse conhecer-se melhor e fixar e redimir suas vidas. Tia Rita apareceu e, com uma jarra com algum líquido que levava para o quarto do tio, parou para olhá-lo. Depois, como se quisesse perguntar "o que vamos fazer?" quanto à doença do marido e não se sentisse o direito de esperar uma providência da parte dele, achando melhor permanecer muda e servil, entrou no quarto, trancando a porta atrás de si.

14
Um jornal condenado

Sabia que o jornal não duraria, que Donato era um candidato natimorto, destinado a poucos votos, nem de longe um páreo para Alfeu Jordão, que substituiria o prefeito atual, Teobaldo Tozzi, como se isso fosse tão natural quanto vento e chuva. A cidade passaria insensivelmente, com a abulia de sempre, de um "Bardo" Tozzi para um "Arfeu" Jordão, não estava interessado nesse Rocha, mais um arrivista que chegara havia poucos anos, com dinheiro e construindo de cara uma casa na Vila Pinotti, e que ainda não fora aceito — muitos, melhores e mais dóceis que ele, também não haviam sido — pelos grandes da terra. Rocha sonhava que a festa atraísse essa gente, que o deixava dividido entre o desprezo e a admiração, "uns brutos feudais, não conhecem o capitalismo liberal moderno, nunca chegaram a isso...", dizia, rindo do ridículo de terem chamado o nascente "Nova Cidade" de "Pravda" e os colaboradores de "vermelhinhos".

Ria, mas reconhecia naqueles broncos que nunca sentiam necessidade de explicar sua truculência e seu domínio uma potência que o deixava ressentido, já que o excluía. Seus esforços para agradar haviam sido muitos, convites para jantar sistematicamente recusados, tentativas de fazer de sua mulher uma presença social com bazares filantrópicos de Natal e Dia das Mães, garrafas de uísque enviadas a Teobaldo Tozzi, porque acreditava que poderia fazer aliados ao explorar os velhos ressentimentos entre as duas famílias — nunca Teobaldo sequer lhe agradecera por elas. Viera de Brasília havia uma década, ao lado o sogro e a mulher, comprara terras para loteamento, abrira escritórios no centro, impusera-se com seus carros do ano e seus ternos de corte superior, e contara com cativar quem quer que lhe surgisse à frente, como se o atrasado interior, com seus muitos caipiras, lhe fosse a coisa mais simples e fácil de vencer. E se deparara com uma cidade para a qual seu charme e sua conversa metropolitana, anti-Estado, aberta a todos os mercados e novidades, pareciam antes ameaçadores e precisavam ser ignorados. Puxava os cabelos por a cidade não ver o potencial turístico do Paturi em seus trechos mais largos, cercados de uma mata ciliar da maior exuberância, praias naturais, lugar perfeito para que condomínios de luxo fossem construídos e pousadas das mais requintadas se erguessem. Só sua ignorância do verdadeiro Verdor explicava que não entendesse o pouco que Siqueira significava socialmente, o nada que eram os muitos outros colaboradores que improvisara, e que contasse com ele para olheiro e propagandista numa campanha política. Nos anos em que trabalhara no cartório e no almoxarifado da Prefeitura, Siqueira conhecera bem aquela mentalidade em que nenhuma ascensão social era possível para gente como ele, sempre sob a desconfiança que caía sobre todo e qualquer intelectual, palavra, aliás, pronunciada com amarga repulsa, com divisão desdenhosa de sílabas, pelo prefeito a que servira, outro remoto Jordão. Este prometera ao tio Venâncio que ajudaria seu sobrinho no que pudesse, mas tudo que conseguira de Siqueira fora uma submissão superficial, que não conseguia dissimular por completo uma aversão àquela classe representada pelo prefeito, às suas hipocrisias e manipulações descaradas.

Preferia faltar ao emprego e se sustentar com biscates, como os trabalhos temporários de corretor, juntando-se a outros que se juntavam para conversar e sondar oportunidades perto do Bar do Padre. Não cederia. Sabia que, instintivamente, tinham percebido sua natureza refratária, desdenhosa e convicta de superioridade cultural, e que isso jamais lhe seria perdoado — farejariam nele sempre um inimigo das coisas que tinham por certas, imutáveis e sacrossantas, uma clarividência velada cuja hostilidade podia ser no fundo um perigo para a posição de todos. Verdor era um cárcere cordial repleto de compadres primitivos, mas argutos e refinados em sua desconfiança de inimigos em potencial, e tinha seus limites bem traçados até topograficamente — ao fim da Carvalho Mendes, terminava em campo, em pasto onde ruminavam e mugiam os bois de um chacareiro também Tozzi, área cercada que começava a ser demarcada para que se construísse ali um condomínio só da família.

Mas não podia mais, com a idade que tinha, manter inocência quanto a tipos como Rocha, de oposição apenas enquanto isso lhes fosse oportuno, fascinados pelo poder que pareciam atacar e desdenhar, e era preciso tirar algum proveito deles, para no mínimo tornar sua vida menos penosa com algum dinheiro, algum conforto social; estaria sempre à margem, à parte, consciente demais do que acontecia para ter ilusões, mas não era justo que vivesse em tanta penúria, e a pena dos sacrifícios feitos por tia Rita era suficiente para que se movimentasse, calasse o bico, ignorasse todo o fracasso garantido e a irrisão social que cercariam o jornal e seu dono dentro de algum tempo.

Calafrios e nojos tinham que ser ignorados. Incomodava a intimidade com que Donato o tratava — como se fosse mais do que óbvio que ele era objeto seu, incomodavam-no a vigilância de Romano e o olhar oprimido de Érica. Ela aparecera na redação uma única vez, olhara tudo por alto, perguntando pelo marido.

Sentira-se no dever de responder, e ela agradeceu debilmente pela informação, saindo a seguir. Certa noite um telefonema anônimo informara, em voz muito abafada, que Romano não tinha exatamente esse nome, que seu rosto fora visto num jornal de Brasília numa notícia sobre o assassinato de um deputado. Supunha-se que alguém do partido de Alfeu Jordão tirara informações bastante precisas sobre os serviços que costumava prestar e sobre os movimentos sociais e alianças políticas e empresariais de Donato Rocha antes de instalar-se em Verdor. Ninguém se sentia tranquilo quando Romano passava e tornava a passar pela sala da redação, garantindo proteção com sua sombra vasta e coçando o saco para ressaltar o volume da braguilha; incessantemente, entrava no banheiro para urinar ostensivamente perto de algum funcionário, exibindo-se, assoviando como se dissesse "veja se pode comparar o teu com o meu, palhaço".

Ele não queria pensar nisso nem se aprofundar na impressão de que Érica levava uma vida emparedada, aturdida, entre forças, razões e conveniências que lhe escapavam. Sempre se sentira mal em ambientes de ricos e finos e ficava pensando no que faria para se esquivar à festa que Donato queria dar, para convencer-se e convencer ao resto de que ele era uma força a ser respeitada, fosse como fosse. Bem, na pior hipótese, iriam até o terceiro número, a festa seria um fiasco, mas, enquanto isso, era sobreviver. O que desejava mais intensamente era que aquele "uá-uá-uá" do tio cessasse e que o velho não lhe lançasse olhares tão penosos, como se ele tivesse a capacidade natural de curá-lo e não o fizesse por alguma espécie de vingança.

15
De troféus e reencontros

Mais uma noite de difícil travessia, os travesseiros, até eles, parecendo inimigos de suas tentativas de dormir. Um vago cheiro do que julgou ser desinfetante nas fronhas fez suas narinas arderem; trocou-as, e aí eram outras coisas, coceiras na perna, nos testículos, no tórax, lembranças rancorosas e imprecisas de Isa, Daisy, a cara de Siqueira parecendo zombar dele ao mostrar-se solidário, a placa de "vende-se" flutuando sobre um mar de coisas viscosas, sombras de homens de chapéus, altos e esguios, rondando sua casa tarde da noite — tirados os chapéus, os rostos eram veladamente cadavéricos, e o faziam estremecer, e dona Lina, que fora atender à porta quando um deles batera, voltara pedindo pelo amor de Deus que ele fosse lá e o mandasse embora, e o protegesse, porque não suportava sequer olhar para aquele rosto. O colo de Isa era inteiramente macio e materno, mas voltavam os pesadelos, virar-se, virar-se, quem sabe outra posição lhe entreabrisse mundos oníricos mais complacentes, e o calor, o calor, o calor, janelas abertas e nada que o aliviasse; tinha esperado que ao menos a mudança de estação, para esse abril de Outono nada europeu a que estavam submetidos, trouxesse um pouco de fresco, mas as noites continuaram quentes e só a chuvinha, que às vezes se fazia constante, parecia prometer dias de algum frio para semanas à frente. Por enquanto, era arder, arder, e de novo essas ereções estúpidas, que só tinham um modo de ser debeladas, e ele não iria se entregar mais uma vez, não, com um medo supersticioso de se esvair, com nojo do visgo que lhe ficava nas mãos. Bonito sim era quando essa coisa podia, grossa, incansável, fazer Isa feliz várias vezes, ah, o desmaio, a noite, os dois muito juntos, juntos até o último fio de identidade.

De repente, pôs-se de pé com susto. E depois não pôde mais dormir. Ler, que outro remédio? O baú do pai havia ficado por perto. Fuçou em cartas, olhou para a fotografia mais conhecida, fixou seu interesse na ponte e na passagem mágica que prometia, e, remexendo mais além, viu que a mãe havia deixado entre essas coisas um troféu, a escultura minúscula de um menino com livro sob o braço cujo dourado barato descascava, da "Confraria Tristão Penna".

Ele o merecera pela letra da cançãozinha que compusera, com um violonista que o considerara elevado poeta, para o primeiro, único e último festival de música realizada pela confraria, à frente da qual se movia a fundadora, Marineide Penna Jordão. A mulher lhe voltou à memória, com sua mania de detalhes prateados nas roupas escuras e sua vontade de conversar com artistas, mantê-los sempre por perto, em sua casa, mesmo com o marido, Gaspar Jordão, mal os cumprimentando ao passar pela sala com sua bengala. Eram apenas três — ele, o violonista jovem e um pintor pouco mais velho que os dois que ela estava fazendo seguir o caminho de uma arte de paisagem menos tradicional e aviltada que aquela imperante na cidade.

Marineide não se cansara de elogiar a poesia da canção, que a ele parecia bem calculista, com ares de bossa-nova tardia e música de festival — aliás, tipo de espetáculo que, naquele final dos 80, já era coisa bastante anacrônica no país, mas Verdor pouco se importava com atualidades e anacronismos e Marineide nunca deixara de ter os gostos que tivera nos 60 e 70, quando não se previa nem de longe a futura mulher de um fazendeiro na universitária subversiva que era, das que cantavam "Roda viva" enfaticamente em rodas de violão e cerveja. Ele se punha a pensar na tontice infantil de sua letra, toda voltada para pedaços de algodão, céus azuis, sóis e brisas, e se envergonhava, mas fora essa a única época em que tivera acesso ao que parecia ser a melhor vida social de Verdor.

Filha de Tristão Penna, que na vizinha Planura era nome de rua e emissora de rádio, e tinha sido, segundo ela, um poeta à altura de Bandeira, grandioso, Marineide viera morar em Verdor pela mão do marido e tentara, bem que tentara muito, levar às mulheres Jordão e Tozzi alguns de seus refinamentos — tocar um "Improviso" de Schubert ou pôr o elepê da "Sagração da Primavera" para peruas que chegavam no máximo a Julio Iglesias. Naturalmente, era tida apenas por esquisita ou tonta, com seus Volpis autênticos, sua idolatria por Drummond, as telas em que jogava tintas sem nada definir. Envelhecera sem conseguir cumplicidade para seus gostos, indo sempre a Planura, onde o nome de seu pai ao menos lhe servia de consolo e lhe conferia grandeza social, fazendo-a convidada de palanques, festas do Rotary Club e inaugurações. Gaspar Jordão nunca a acompanhava à sua terra natal, preferia as fazendas e, para a cama, outras mulheres. Um acidente com trator no campo quase o imobilizara e o obrigara a portar uma bengala e a se queixar de dores perpétuas na perna direita, desinteressava-se por tudo, em tudo achava defeitos que o exasperavam e faziam a casa se encher de ecos de seus palavrões desesperados como ganidos. O casal não tendo tido filhos, ele a culpava publicamente, em jantares onde a pergunta era feita (talvez para ouvir a humilhante resposta já sabida): "Essa vaca é estéril". Muitas vezes fora visto batendo com a bengala nas pernas da mulher, quando ele a considerava inconveniente ou chata ou quando precisava de uma pequena ação violenta para se acalmar — ele a punia por simplesmente poder andar sem dores. A "Confraria", que organizou o festival e algumas sessões de poesia e música em sua casa, e se resumia à chefia dela e de um médico que desistira de enfrentar a antipatia de Gaspar, durara pouco.

Uma vez, sob consentimento de Marineide, ele levara Siqueira a uma das reuniões e ele se mantivera de lado, inibido com os lustres, os quadros, as escadas, tapetes e as bebidas que lhe foram trazidas; o violonista cantou uma coisa mais recente, de um compositor do Norte, que ela não aprovou; o pintor, um tímido Pietro, mostrou um quadro novo, decididamente geométrico, que ela avaliou muito cuidadosamente, os óculos postos, retirados e repostos. Ele era filho do pintor mais famoso de Verdor, Paolo Corsetti, que, depois de septuagenário, rompera com a família e tinha quarto na pensão de Cida "Corvo"; fora ele o criador do gondoleiro para a fachada do Cine Veneza e da visão oriental de Damasco que havia na lanchonete próxima à rodoviária. Opunha-se à pintura e ao comportamento publicamente execrado do pai como se esta fosse a questão crucial de sua vida, com a ajuda de Marineide.

Para Bruno, cujos olhos lhe pareciam pelo menos tão belos quanto o que escrevia, ela dava livros de poesia, lia crônicas, chamando-lhe a atenção para algum achado de Rubem Braga ou Paulo Mendes Campos; acreditava que seria famoso, um poeta de renome, mas que, claro, teria que sair da cidade para isso. A verdade fora que, a despeito dos ares independentes que ela gostava de manter para o trio quando Gaspar passava carrancudo pelas reuniões na sala, batendo com a bengala à porta como se para advertir os outros machos de seu mando territorial, nada progredia, como se ela estivesse dividida demais entre o desejo de ser patronesse e o medo que sentia do marido, e este estivesse vencendo. Não conseguia nem se lembrar de quando aquilo se dissolvera, mas era provável que debandadas e desinteresses mal estivessem sendo notados e ela, com ânsia de fazer ou provar alguma coisa, passara a escrever no "Verdorense" sob o pseudônimo de "Hortênsia de Sá" uma série de crônicas, que não eram ruins. Gaspar ria de sua tolice de se esconder sob pseudônimo, informado generosamente por Cirilo Bortolotto de tudo que se passava na redação, incluindo as entradas meio furtivas de sua mulher, sob óculos escuros, para entregar os textos a cada semana. Por fim, nem "Hortênsia de Sá" fazia mais sentido, talvez não tivesse mais nada a escrever ou se apalermara, era julgada chata em meio às conversas das outras mulheres em torno de piscinas e nas idas semanais a shopping centers em R. para gastar, vingativas, um dinheiro que seus maridos consideravam uma espécie de paga justa pelo fato culposo de manterem amigadas — "a cada trepada que damos com outra, é um cheque mais achacador que assinamos; cobram caro para serem as legítimas, essas putas finas", um deles dizia, rindo.

Marineide fugia para Planura sempre que podia, ficando ausente por meses, mas retornando sempre submissa à casa de quem, afinal, tinha o dinheiro e o mando. Dizia-se, a boca pequena, que aquilo não era de se admirar, que, apesar de tudo que se pensava em contrário, ela amava o marido. "Não sei, alguém pode amar Gaspar Jordão?..." — dizia Siqueira, lembrando-se do homem que ia ao cartório para bater no balcão com sua bengala e mover funcionários para lá e para cá para servi-lo sem reclamação.

Pegou o troféu, recolocou-o no baú, pensativo, como se quisesse escondê-lo, desaparecer com ele entre outros guardados, para não lembrar-se de sua inocência ou estupidez de julgar-se finalmente num ambiente culto e da tristeza que aquela mulher lhe dava, porque nunca soubera se o que sentia dela era pena, raiva ou admiração, ou tudo isso junto numa mistura pouco digerível. Alguns livros de poesia que ela lhe emprestara deviam ainda estar pela casa, esquecidos.

Pensou nisso e na poeira que vinha se acumulando sobre seus sonhos desfeitos um após outro; fechou a janela para a evidência de uma lua que, tão branca, perfeitamente circular e brilhante, lhe pareceu uma espécie de desdém; dormiu, ou achou ter dormido, entre "chapeludos", placas de "vende-se", esculturas de meninos folheados a ouro falso e bengaladas que caíam estalando sobre a carne de um imenso peixe sangrado, Siqueiras múltiplos rindo e enchendo copos no Anésio e no Bar do Padre e Isa se esquivando, se afastando para longe, muito longe, puxada pela prima, sem sequer olhar para trás e dar-se conta da prostração que em que ele ficara, revirando-se numa cama que, decididamente, estava no ar e varava o fim de noite em alta velocidade, como um tapete voador sobre cidades arruinadas.

Desceu a escada. Lina e Atílio olharam-no um tanto surpresos e perturbados, porque fazia bom tempo que não se dignava a tomar café com os dois. Sentou-se à mesa sem falar, mas não emitiu nenhum olhar de hostilidade nem pareceu fechado a qualquer pergunta. Serviu-se de um bule de leite, apanhou uma fatia de pão de forma, passou margarina, a mãe se levantou para pegar alguma coisa no armário embutido e Atílio se moveu, ajeitando-se na cadeira, um pouco nervoso, olhando-o com cuidado: — Acho que você precisa mudar de ares um pouco. Não quer viajar comigo? Vou pra R. hoje. Uns acertos com a gerência...

R. era para onde ele ia, às vezes só, às vezes acompanhado por Siqueira, com algum dinheiro no bolso, quando queriam ver cinema, entrar e perder algum tempo em livrarias, vagar por uma cidade maior, com mais atrativos, dissolver-se nas ruas cheias de gente, embora não fosse difícil encontrar, perambulando por lá, figuras conhecidas de Verdor fazendo suas compras, arrastando suas sacolas e pacotes e olhando para os edifícios muito altos e o trânsito e o tumulto e os letreiros de muitas cores com admiração. Algumas delas gostariam ardentemente de retornar a Verdor e vê-la guarnecida de semáforos, edifícios daquela altura, ruas cheias, calçadões, galerias e shoppings, porque lhes bastaria uma vaga semelhança com a cidade grande para que o complexo de inferioridade não lhes doesse como sempre doía.

Pensou um pouco para responder ao padrasto e depois fez que sim, a mãe animou-se, sugeriu que mudasse de roupa, limpando-lhe alguma sujeira na camisa no ombro direito, conferindo sua calça e seus sapatos. Um só olhar seu de contrariedade afastou-a desses cuidados — era como se aquilo fosse parte de um ritual íntimo demais, e talvez ofensivo ao padrasto.

Atílio se levantou e saiu em direção à garagem. Em pouco, estavam na estrada, sem conversa. E também mudos, exceto numa parada para uma mijada à beira da estrada, quando o embaraço de se avaliarem mutuamente, calando-se sobre tamanhos e espessuras, Bruno sentindo-se o vencedor, os fez virar os olhos para a paisagem e comentar inanidades. Chegaram a R. bem antes da hora do almoço, Atílio deixando-o num ponto do centro, onde deveriam se rever mais tarde depois que ele cumprisse seu compromisso com a gerência regional do banco.

De imediato, a praça enorme, com seu enxame de desconhecidos, transeuntes bizarros, automóveis e ônibus, apelos publicitários e gritarias, além das árvores muito copadas e repletas de pardais, encheu-o de um senso de vitalidade que apagou de vez as lembranças da noite anterior e, corpo revigorado, mãos nos bolsos, com vontade de assoviar, sentiu o prazer da antecipação dos livros a ver e dos filmes em cartaz a conferir num shopping center não muito distante dali. A vida que lhe voltava traduzia--se também nessa ereção que apontava, nessa sensação de intimidade masculina, penetradora, incisiva, mas suave, com tudo; por que não ter esperanças de uma nova vida, outros amigos, outras caras, desejos? A simples passagem dos ônibus o animava com uma criança que segue com olhos gulosos de movimento um meio de transporte que lhe promete distâncias e renovações obscuras e vitais, sentia-se dentro daqueles carros, aos volantes, cumprimentava pessoas que não o conheciam e não tinham como saber que era o Alfieri vagabundo que tantos desgostos dava à família, nada daquela transparência infeliz que carregava, involuntária, aos olhos cruéis dos moradores de Verdor; ali, uma opacidade compassiva o salvava. Assoviou de fato, ainda que baixinho, apalpando com decisão e orgulho o volume e o peso de seu sexo. Não pôde deixar de sentir um desejo alegremente cafajeste quando lhe passou rente uma garota de bunda e peitos proeminentes. Sentiu vontade de comer num daqueles restaurantes — e riu da associação imediata e óbvia. Num sobressalto alegre após outro, viu a vastidão do shopping center habitual, decidindo entrar depois de passar por um estacionamento e trombar em transeuntes muito apressados. A mãe pusera em sua carteira mais dinheiro do que ele supusera ter ao sair de casa, o que lhe arrancou uma exclamação de prazer em voz baixa. Um corredor comprido o conduziu para as dependências amplas do setor de lojas.

Eis os filmes, nenhum que, cartaz após cartaz, o interessasse no momento. O rosto de Kurt Cobain na loja de CDs de onde uma loura lhe lançou um olhar meio malicioso, fazendo-o empinar um pouco o peito. Letras, telinhas, inúmeras, sucessivas, repetitivas telinhas de televisão, vitrines, pedaços de roupas de griffe, perfumes, jóias, artigos de couro, extensas jardineiras de cimento sem reboco com pequenas palmeiras plantadas, brilhos, bugigangas, gestos misturados a rostos que passavam e se desfaziam, imediatos e já remotos; depois, a entrada numa livraria onde passeou por títulos, sondou, apalpou capas, esbarrou em compradores, e a seguir embocou num trecho de supermercado onde, a perder de vista até lá no fundo, ovos de Páscoa se estendiam, pendurados, uma estranha parreira de frutos de papel brilhante, alguns ao alcance de fregueses, que os apalpavam e conferiam marcas, pesos, preços. Os cheiros de limpeza e mercadorias novas, latas, frascos, pacotes, cintilações, davam-lhe a impressão de haver penetrado num paraíso peculiar, alheio ao mundo lá fora, onde não faltaria um só item para a satisfação do desejo que lhe ocorresse, e o recuo de uma mulher que se abaixara para verificar uma marca de massa de tomate e roçara sem querer exatamente sobre sua braguilha deixou-o ainda mais tesudo; teve que fazer um esforço violento para não jogar as pernas e se encaixar nela. Um pouco aturdido, meio cego, seguiu para uma lojinha onde se vendia computadores e componentes de informática e respirou fundo antes de entrar numa vasta praça de alimentação, atraído por um anúncio em que um frango-garçom sorridente de néon portava uma bandeja com filés de frango fritos de um amarelo vivo e crocante. Os muitos apetites, os sinais confusos, os objetos muito maiores e mais numerosos que sua capacidade de assimilação e desejo.

 Sentou-se numa mesa para pedir alguma coisa e viu que tinha que se encaminhar ao caixa muito à distância, e pegar uma ficha. Ao voltar com um prato com a porção do frango da propaganda, fritas, um tanto de arroz e folhas de alface, além de um copo de refrigerante, escolheu outra mesa, mais próxima ao caixa. Uma frita muito salgada, outra, uma mordida na alface, um gole do refrigerante, e um cheiro conhecido lhe veio por trás. Virou-se, e havia uma mulher de costas, sozinha, numa mesa não muito distante. Embora o cabelo estivesse mudado, agora curto, e aquele vestido ela nunca tivesse usado para ele, nenhuma dúvida, era Isa.

— Que diabo...

Como se a intensidade de sua surpresa fosse de algum modo contagiante e telepática, ela se virou e os dois não escaparam aos olhos arregalados e ao peito disparado. Ele se levantou. Ela, assustada, olhou várias vezes para todos os lados, como se esperasse salvação de alguém que deveria chegar por um daqueles corredores repletos de vitrines a cada embocadura. Pôs a mão na boca, balançando a cabeça. Ele se chegou muito devagar, suando frio, o prato esquecido em sua mesa. Ela fez menção de se levantar para, desesperada, correr, mas ele já estava ali, tocando-lhe o braço, e ela livrou-se de sua mão rapidamente, outra vez olhando para os corredores.

— Por favor... — estava quase chorando e ele, constrangido, embevecido, redescobrindo-a linha por linha, o rosto adorado, a boca pequena, os olhos, querendo beijá-la, possuí-la, esvair-se ali mesmo. — Por favor, por favor... — ela repetia, como se fosse possível anular o que estava acontecendo. — Tem outra pessoa. Se te pegar aqui... Por favor, vá embora, vá embora já!

— O que houve? Você me esqueceu? Para onde foi? — ele falava, na medida em que era possível formular perguntas claras em meio ao seu nervosismo, puxando o braço que ela não queria de modo algum lhe estender. — Sumiu de vez... O que foi? Você não sabe o que eu tenho passado. Não podia ter telefonado, escrito? — agora, o tom era raivoso e ela ficou ainda mais amedrontada — Puta merda, você não pensou no meu sofrimento, nunca? — ele puxou uma cadeira e sentou-se, e o medo dela parecia agora ainda mais frenético.

— Você não entende...? — ela balbuciou, ainda olhando para os lados.

— O que houve? Se me contasse, eu teria entendido...

— Tanta coisa que a gente não tem como dizer... — ela baixou a cabeça, esfregou a testa vigorosamente, exasperada, e lançou-lhe o olhar mais angustiado que ele vira nela até aí — Como eu ia te explicar?

Ele pensou um pouco e aventou, soturno, só agora parecendo ter entendido uma das coisas que ouvira confusamente: — Outro homem...

— É. Outro... — e olhou novamente para um dos corredores, suspirando ruidosamente, a mão no peito. Ele imediatamente repetiu o olhar dela para a mesma direção. Compreendeu que teriam, se tivessem, pouco tempo para uma conversa esclarecedora. Levantou-se, mordendo os lábios: — Tudo isso... tudo isso... eu não esperava isso, que merda... que traição filho da puta!

— Eu precisava, entende? — O que ela queria dizer? Parecia estar refletindo, e depois, alusiva, desajeitadamente, apontou para o próprio ventre, desviando a cabeça, tudo menos ver os olhos dele, constatar que ele entendera — Você não poderia, nunca, como poderia? Ele estava interessado, ficava sempre me rondando na loja, amigo do Jorge, da Abigail. Daisy o procurou, falou do problema, tudo foi muito bem feito, não faltou dinheiro. O médico...

— Que médico? O quê...? — ele começava a entender, hiatos, dias de enjôo, aversão, mistérios, evasivas. Sentiu-se a um só tempo patife e orgulhoso, feroz por não ter sabido, pela decisão que ela tomara, praticamente confiando a outro o assassinato de uma obra sua. A raiva o fez derrubar um copo de refrigerante, ela tremeu, ele queria apanhar uma cadeira e atirá-la para longe, conteve-se, e ela tapava os olhos, não queria ver mais. Ao destapar os olhos, olhando para os corredores todos, pareceu rezar para que o outro não surgisse ou para que ele fosse embora dali imediatamente, mas ele não se aluía, queria ficar, saber mais, envenenar-se a cada nova revelação, penitenciar-se ou bater nela, não sabia. De repente, ela o agarrou pelo pulso, com uma força inesperada, e ele compreendeu que avistara alguém. Lá dos fundos, entre vidros reluzentes, luzes muito brancas e conversas, Daisy vinha com alguns pacotes, sorrindo, e Floriano Tozzi, com sua altura e seu andar entre elegante e um pouco curvo, também sorria, batendo o chapéu sobre a coxa direita, distraído e satisfeito.

— Pelo amor de Deus, vá embora já, já, já... — ela sussurrou.

Ele levantou-se devagar e, sem tirar os olhos dela, que se voltara totalmente para a direção em que os dois vinham, voltou para a sua mesa. Eles chegaram, ela se ergueu e Daisy, percebendo-o, conseguiu entreter Floriano com alguma conversa o suficiente para que ele não notasse o embaraço de Isa e a sua presença; o homem devia conhecê-lo de Verdor, naturalmente, e, embora enfurecido, uma contrição obscura fez com que desse as costas para o trio para não ser visto e ajudar Daisy a poupar Isa de uma cena e uma repreensão.

Algo se partira sem remédio, alguma parte violentamente viva de si fora lesada, e um velho odioso, um velho indesculpavelmente lascivo e, pior, dotado de meios que ele jamais teria, o vencera; quanto a ela, dava-lhe era pena, ódio; e Daisy, que papel tinha ali? Olhou-a suspeitando uma torpeza indizível, um utilitarismo de cafetina. Nem pensou em comer mais nada e retirou-se, voltando pelo caminho que fizera sem olhar para trás; precisava de um canto escuro — e escolheu um banheiro — para chorar e esmurrar paredes.

16

Flávio, Érica e "te Deum"

Siqueira avaliou seu olhar, o andar lento, como se cada passo lhe custasse uma energia desesperada, e quando ele chegou à mesa estendeu-lhe o copo de cerveja. Adivinhara o motivo de ele aparecer e ficaram sem conversa alguma por alguns minutos, vigiados pela odalisca que, tendo ao fundo uma cidade de minaretes, domos encimados por luas em foice, abria apetites às vezes aplacados ali mesmo, no banheiro da lanchonete Damasco, "existe risco de escorregar em porra lá dentro..."

O lugar era vizinho à rodoviária, ponto perfeito para faturamento e lotação constante de tipos chatos, perigosos e perturbadores, jogadores de bicho, inúteis e apalermados ainda capazes de pagarem-se uma cerveja, uma coalhada com cebola crua, uns charutos de folhas de uva e esfirras. A pintura de Paolo Corsetti fora encomendada pelo sírio Farid, dono original da lanchonete, hoje substituído pelo filho, o "Faridinho". Apesar do diminutivo, era um sujeito bastante robusto, muito peludo, de voz tonitruante, nem um pouco sutil, impetuoso e dado a assustar fregueses importunos com seus músculos, cadeiradas e gritos. Dali de sua mesa, em silêncio, Siqueira olhava ora para a odalisca, ora para ele ao balcão, enquanto

Bruno nada dizia, absorto num guardanapo de papel, que rasgava devagarzinho.

— Você sabia, não? — Bruno começou, rasgando um pedaço já picado.

— Faz tempo. Mas você não queria ser encontrado.

— Não... — Pedacinhos do guardanapo iam se acumulando ao lado do copo que ele esvaziara depressa. — Não suporto. — Pôs a mão na testa, balançou a cabeça, os olhos muito vermelhos, fungando. — Eu não merecia isso.

— O jogo é de cartas marcadas e besta de quem tem esperança... Tem saída melhor que esta? — Pegou a garrafa de cerveja e encheu o copo novamente, puxando-o para si. — Você sabe que o jornal já circula? Acho que nem notou. Deve ter vivido bem noutros mundos, ultimamente. Eu entendo... — disse, vendo "Faridinho" sinalizar do balcão que esfirras quentes, novas, haviam acabado de chegar. — Tem uma festa na casa do Donato no domingo. Não quer ir? Você precisa parar de pensar nessa infeliz.

— O pior é que não me contento, quero saber mais. Como foi que soube?

Contou resumidamente, escolhendo palavras para que nada ferisse a vulnerabilidade do rosto congestionado, Bruno esfregando a boca com mãos muito trêmulas, e deu graças aos céus quando uma súbita leva nova de fregueses começou a invadir as mesas e encostar-se ao balcão, feito aquela fosse a melhor hora para chegarem, o que, entre corpos que iam e vinham, trouxe Otávio vestindo uma camiseta bem larga, que não lhe disfarçava a barriga que ultimamente se projetara, com uma estampa em preto e branco do rosto de Louise Brooks. Não demorou para que ele viesse direto à mesa dos dois e Siqueira o apresentasse a Bruno, um pouco embaraçado.

O resumo, interrompido pela nova presença, fora insatisfatório para a avidez de Bruno, que estendeu a mão para Otávio com contrariedade mal disfarçada. Siqueira não estava habituado a ver Otávio na rua assim tão cedo, pouco mais que nove horas, e ele lhe parecia um pouco incongruente distante do ambiente do Anésio. Notou que estava com mais peso e não se espantou ao vê-lo tirar do bolso da calça uma barra de chocolate ao leite e em seguida pedir a "Faridinho" um sanduíche reforçado com um refrigerante. Essa voracidade pelo chocolate e pelo pão com bife, tomate, queijo e alface, parecia "larica", os olhos estavam meio avermelhados. Mas a gordura vinha tornando-o cada vez mais lento; imaginou-o como alguém que desabava num sofá em sua casa, tendo ao lado uma caixa de bombons, maldizendo o tédio com a boca repleta de licor, como alguma antiga mulher sustentada de algum romance ou filme.

Otávio decidiu não levar em conta o que já notara — que para Bruno, ele não era muito bem-vindo. Com a boca deixando escapar uma ponta de alface, limpando maionese dos lábios, examinou-o com um ar de reconhecimento: — Você é dos Alfieri, minha mãe conhecia bem tua avó... — disse, sem se importar com a obviedade de Verdor abrigar certo número de famílias que não tinham como não se conhecer.

— E o piano? — perguntou Siqueira, para ter algum assunto.
— O Chopin que nós ouvimos... — olhou para Bruno, torcendo para que este se animasse — Bonito, aquilo.
— "Valsa, opus 34, em lá menor". Uma das poucas coisas que sei tocar inteiras.

Bruno olhou para ele, como que tentando se lembrar da música, num esforço para não parecer mal-educado, Siqueira assoviou imperfeitamente um trecho, Otávio sorriu e cantarolou o resto, confirmando.

— Você deve ser é modesto, sabe? Outro dia vi um desenho que fez, rapidamente, do rosto do Anésio. Estava muito bom, muito definido, até onde entendo. — queria que Otávio falasse de si, para impressionar Bruno, e Otávio estava entendendo bem essa necessidade de apresentações e aproximações, ainda que Bruno não parecesse interessado em alguém que devia lhe parecer um caso óbvio de homem mimado, estragado e rico além do desejável que se recusava a sair de uma espécie de puberdade ou adolescência perversa que a vida tornara indefinida; poderia até ser avô, não fosse o que era. Homossexuais, os que conhecia de Verdor e de leituras, todos lhe pareciam submetidos a uma espécie de inferno de frustração e expiação social e lhe davam repulsa e medo, até porque sua criação sob domínio de dona Lina seria classicamente colocada sob suspeita. Não chegava a ser agressivo com os que o rondavam, era lisonjeiro que o olhassem com desejo, mas não queria pensar naquilo, entrava e saía dos mictórios públicos para fazer rapidamente o que era necessário sem olhar para alguns tipos que ficavam ali por tempo indefinido. Só que concluíra também que tudo talvez fosse só uma bizarrice de comportamento que não impedisse o desenvolvimento de um bom caráter aqui e ali, e Otávio, por tudo que sabia, não era desprezível, mas desfrutava de privilégios de classe que ele odiava e invejava. Com aquela conta bancária, poderia ser "artista" quanto quisesse.

— Ah, sim, desenhei um pouco também, fiz uma exposição de fotografias, quis publicar um livro com uns poemas. Desisti, pra quê? Minha mãe nunca gostou de nada... — ele pareceu pensar em algo remoto que era preciso esquecer para não ficar arrependido ou aborrecido diante do presente sem remédio. Bruno pensou, então, tê-lo entendido: dotado para muitas coisas, em nenhuma delas se detendo tempo suficiente e sistemático para florescer, sempre diletante bem informado sobre arte e circulando entre gente bem informada também, talvez preguiçoso e descrente demais para fazer escolhas mais diretas e consequentes que obrigassem a esforços e a uma seriedade que no fundo não eram lá muito praticados nesses meios onde diletantes e presunçosos não faltavam, talvez simplesmente impedido de seguir o rumo que fosse devido às exigências da mãe, que ele se empenhava em frustrar, culpado e incitado pela culpa a continuar desafiando-a num exercício estéril de sujeição que só superficialmente parecia rebelião.

Um velho de paletó cinza-escuro e gravata carmim entrou com uma Bíblia e começou a ler alguma coisa em voz alta, mas foi calado por dois sujeitos que estavam decididos a não se sentirem pecadores e o puseram para fora, rindo, sob o olhar conivente de "Faridinho". Depois, mais uma vez se ocuparam de expulsar outro homem, este portando uma sanfona e tentando cantar, sem sucesso, alguma coisa de Luis Gonzaga. O olhar de Bruno se deteve sobre uma jovem grávida que entrou para comprar um salgadinho e olhou para eles com uns olhos cobiçosos e magoados — uma adolescente para quem a gravidez adiantada talvez fosse importuna demais; Siqueira percebeu a boca se contraindo e os punhos se fechando no amigo.

Os grupos de fregueses estavam estridentes, meio histéricos, e eles não tinham muito que se falar; Siqueira tentava, mas tudo se esvaía sem continuidade; lacônico, Bruno queria beber sempre mais e mais, a troca rápida dos copos de cerveja deixando-o um pouco surpreso e apreensivo, enquanto Otávio parecia ir afundando-se num efeito de sonolência — já mergulhara um de seus ansiolíticos no copo de refrigerante — e estava achando peculiar e engraçada a odalisca da pintura em sua dança (era uma boazuda muito brasileira a que não faltavam pneumáticos) e olhando de esguelha para os rapazes mais jovens, a mão direita sob o queixo numa avaliação sonhadora de braguilhas que passavam rapidamente e lhe arrancavam um suspiro pela impossibilidade. Já havia classificado Bruno como um pouco hostil, mas não um dos violentos, e sentia nele uma humanidade mais flexível, ainda que o mal-estar evidente perto dele fosse o contrário da aceitação por vezes gozadora de Siqueira. Nada a assustá-lo: também entre seus pares encontrava muitas gradações de preconceito a ponto de não se reconhecerem como homossexuais, ainda que se deitassem dia e noite com outros homens e frequentassem ansiosos saunas e banheiros públicos. Viviam numa discrição angustiada que de modo algum era como ele queria viver. Puxavam quantos pudessem para o "ghetto", dando a impressão de que consideravam sim a sua uma condição desgraçada, que precisava do maior número de cúmplices e convertidos (donde as constantes conversas sobre gente famosa que "era" ou não "era"). Outros simplesmente tinham pouco respeito pelos "entendidos" como se trocas-trocas sim fossem repulsivas e devessem ser eternamente passivos, para isso preferindo machos comprovados, heterossexuais casados, durões para os quais seriam pseudomulheres até que um dia, como no caso de "Jurema", surpresas sobreviessem. Mas Verdor não era um lugar onde essas gradações valessem alguma coisa em termos de reputação e ele jurara a si mesmo que só ficaria satisfeito no dia em que Flávio, espontaneamente, se deixasse penetrar por ele — até aí, era um macho, não se conspurcara, não perdera as sagradas pregas e mantinha publicamente uma atitude de desprezo para com os "veados" de que se aproveitava sempre que possível. Não achava que o amava, impossível amar sujeito tão cabalmente vulgar, só sexualmente eficaz e restrito a possuidor. Humilhava-o intelectualmente, a seu modo, infrutiferamente, porque o desgraçado parecia imune a ironias e entendia muito mal suas piadas. Quando lhe dava quantias em dinheiro, comprava-lhe roupas, pagava-lhe contas, procurava esmagá-lo ao menos com sua superioridade econômica.

De repente, entre os muitos homens, jovens ou velhos, que entravam e saíam, Flávio, ele próprio, apareceu acompanhado por outro rapaz. Mãos nos ombros, rindo, não viram Otávio e foram diretamente ao balcão, abordando "Faridinho" para uma conversa que o sírio pareceu considerar com suspeita, alisando o queixo. Quando o notou, Otávio imediatamente se avermelhou e não conseguiu ocultar o nervosismo, levantando-se com pedidos de licença um tanto cerimoniosos demais — pois até aí não fora senão displicente. Siqueira conhecia desses seus rompantes — por vezes, era tomado por uma onda de distanciamento, sobriedade, ficava formal como um Bellini tortuoso, mas ainda um Bellini, e até o chamava de Fúlvio, para sua irritação.

Mas sua mudança agora parecia provir de algum ponto menos nobre — o lugar reservado ao patife, problema exclusivamente seu que talvez achasse vergonhoso demais perto daqueles dois e quisesse encobrir com um formalismo exagerado. Mal se levantou, acercou-se de Flávio, que o olhou assustado e, depois de uma dispensa dos companheiros que este fez forçadamente e com constrangimentos indisfarçáveis, saiu com ele para a noite. Ia trôpego, mas o puxava para junto de si para demonstrar domínio e não deixá-lo fugir, deixando escapar gritos de raiva, os dois passando por um ônibus que acabava de estacionar e despejar passageiros.

O ônibus se abrigou num dos compartimentos da rodoviária e o que surgiu logo atrás foi o inequívoco carro de Donato Rocha, dirigido por Romano, mas com Érica ao lado. Passou devagar, muito devagar, com ela interessada em olhar para dentro da lanchonete e procurar, entre cabeças, alguém bem preciso. Vendo o interesse nervoso de Siqueira, a quem o olhar era obviamente dirigido, Bruno olhou para fora e em seguida para ele, interrogativamente. Ele lhe explicou quem era, depois que a mulher olhou detidamente para ele, em meio ao prosaico das vozes, dos gritos, dos copos tilintando, das broncas de "Faridinho" e da passagem do carro para direções que não poderiam ver.

— Espionagem? — Bruno disparou.
— Não sei, não sei, não entendi. — Siqueira ficou inquieto e pediu mais uma cerveja. "Faridinho" ligou um aparelho de televisão acima de um par de prateleiras de garrafas e o estrépito de um programa de auditório, com uma claque que não parava de aplaudir uma mulher seminua se contorcendo numa banheira de espuma, fez com que todos os olhares se voltassem para lá.

Mais gente chegava. Bruno ergueu o copo em sinal de brinde, com um ar de desespero, o que deixou Siqueira ainda mais ansioso. Agora, achava que precisava que o amigo fosse embora, talvez o levasse para casa, não seria aconselhável deixá-lo sozinho, e ao mesmo tempo estava intrigado pelo olhar de Érica e precisava fazer alguma coisa — o quê, não sabia — para entender melhor o que lhe estava acontecendo. Com o ruído da televisão e o torpor em que estava caindo, nada parecia lógico, e sua boca estava adormecida, sua voz longínqua, quando percebeu que Bruno cabeceava, de olhos fechados, e estava por escorregar da cadeira, escarrapachar-se no chão, se continuasse ali.

Pagou a conta e, com dificuldade, fazendo um esforço para vencer a sua propensão a cambalear também, apoiou-o em si e se afastaram. Chegaram meio capengas a uma esquina, a pouco mais de cinquenta metros da lanchonete, e, aos poucos, o ruído de um carro familiar dominou seus ouvidos — era o de Otávio, que parava, a boca aberta, os olhos querendo se fechar, a camisa entreaberta, e uma marca de arranhão na bochecha direita, um pouco de roxo sob o olho esquerdo. Ainda assim, estava disposto a entender, a ajudar: — Entra, Fúlvio... (também ele não dizia seu nome com o terrível *érre* do sotaque da cidade, que, aliás, aprendera a ironizar, tendo vivido tantos anos longe dela). Siqueira deu um risinho feroz para ele e depositou Bruno no banco de trás:

— Vamos levá-lo pra casa...
— Que merda, coitado...

— E você? Não parece tão melhor... — fixou o olhar sem seu rosto.

— Eu me viro. É rotina. Hoje pelo menos consegui dar uns socos.

Otávio deu partida e, mais à frente, apertou um botão do toca-CDs e se afundaram na noite, ouvindo a todo volume — porque ele queria assim, dava tapas na mão de Siqueira quando este tentava baixá-lo, e cantava junto, num latim perfeito — o "Te Deum" de Bruckner. Siqueira fez um ar de estranhamento, não entendendo o porquê da música. Otávio sentenciou: "É a canção de amor mais histérica que já foi feita. Bruckner adorava seu Deus passionalmente mesmo. Ouvir isso, cantar junto, me purifica".

17
Lágrimas de patrão

Diante da redação do "Nova Cidade", dias depois, a pichação era caprichosa, imitava com fidelidade irrepreensível a silhueta masculina aparecida nos dois números do tablóide e dizia "**Ele se estrepará**", ocupando um trecho largo que jamais poderia ser ignorado por Donato Rocha. Fumando, nervoso, ele olhava do portão da casa onde instalara o jornal, e Romano, ao seu lado, parecia tenso, todo fibras e músculos ávidos por uma ordem para fazer qualquer coisa devastadora. "Partidários do Alfeu e do Severo Tozzi...", ele murmurou, e os colaboradores, Siqueira entre eles, logo atrás, dividiam-se entre o desejo de rir e a necessidade de manterem uma carranca triste e solidária para o patrão.

Quando voltou para dentro, depois de uns bons momentos de silêncio, cisma e suspiros, e de ter olhado com atenção para Romano, que fora buscar um copo d'água e lhe dera um comprimido, ele pareceu se animar e começou a falar da festa. Teria que ser decisiva, fizera convites a alguns nomes famosos da política em Brasília, Verdor iria se surpreender com a movimentação. Passado o momento de ânimo, de euforia com os planos para a festa e para a vingança soberba contra aquela pichação, voltava com seus achaques, gritando com notas fiscais da gráfica: ficava em R. e o obrigava a gastos de transporte para cada edição do jornal, que encareciam um veículo praticamente sem anunciantes publicitários. Reclamava dos abusos no preço, porque o dinheiro que lhe saía do bolso sempre lhe parecia doloridamente pródigo e qualquer pedido de aumento ou de mais vales lhe provocava brados de "argentários, argentários", como se fosse o menos compreendido e ganancioso dos homens, como se reivindicações de algum dinheiro a mais fossem a pior injustiça que se podia fazer a um ser sumamente desprendido.

A pichação o deixara inteiramente confuso, porque se supunha de alguma maneira amado, admirado, era demais que alguém tivesse ousado fazer aquilo de noite em frente à sua redação e, de repente, decidira chorar no ombro de Siqueira, os dois felizmente isolados numa sala à parte, nem Romano nem nenhum dos colaboradores do jornal por perto. Era preciso consolá-lo, dar uns tapinhas naquelas costas demasiado perfumadas, concordar com suas lamentações. Ele falava-lhe diretamente ao rosto, obrigava-o a uma quase promiscuidade com aquela barba e aquele respirar. E os "queridos" pareciam lambê-lo, conduzi-lo pela língua àquela garganta rouca.

Quando parou de chorar, sem lhe agradecer por tê-lo usado como ombro e parede, olhou de novo para algumas anotações em sua mesa, verificou pendências, espantou-se com as folgas pedidas e, mesmo tendo-o em consideração mais diferenciada do que aquela que estendia aos outros trabalhadores da redação, bradou:

— Empregados, empregados... Só na chibata mesmo, como dizia meu pai. Só na chibata! — Pareceu estar tomado pelo apetite de ter a chibata ali mesmo e descê-la sobre umas costas masculinas lustrosas de suor, e, como o que falara contradizia sua autoidealização de bondade e liberalidade, mudou rapidamente de assunto, passando para o editorial que deveria sair nesse número crucial a ser distribuído no domingo da festa.

Cabia a Siqueira dar forma à mistura de amor-próprio seriamente ferido, compensado por uma pretensão de superioridade que não deixasse dúvida quanto à existência real desta; como alguém tivera a ousadia de zombar do grande Donato Rocha? Ninguém riria dos projetos orgulhosos que estavam por se concretizar, para assombro dos inimigos e deleite dos injustiçados. O domingo de seu plano seria um dia depois da festa de aniversário da cidade, um 12 de maio que, nesse ano, seguiria sua tradição de desfile, shows e rodeio, mas teria culminância era na sua casa, pois muitos convites haviam sido expedidos e, mesmo que muitos ingratos, medrosos ou claramente invejosos não comparecessem, seria impossível ignorar o barulho que pretendia fazer. Romano entrou, mas, mal o viu, Donato despachou-o de volta, pedindo mais um copo d'água e outro comprimido.

O editorial nasceu ali quando, sob o efeito dos dois remédios, teve calma suficiente para ditar, corrigir, passar a mão sobre a testa como se esperasse o despontar de uma ideia que na verdade acabaria por ser uma sugestão de Siqueira que ele, fingindo não ter ouvido, ditaria como se fosse sua. "Sim" era a única palavra que cabia a seu contratado, fosse como fosse.

18
Vestido para o julgamento

Os "uá-uá-uás" que eram seu único recurso de linguagem, afora os braços, que movia raivosamente como se pretendesse espantar fantasmas ou agredir vultos que o cercavam, intimidavam e bolinavam em seu estado de impotência, tinham cessado. O tio não precisava mais ver todos os xingamentos substanciosos e completos que tinha em mente se reduzirem, angustiosamente afunilados, a novos "uá-uá-uás". Um segundo derrame o levara.

Cambaleando e parando para descansar um pouco junto a postes, depois de sair pelas três da madrugada da lanchonete de volta para casa, viu certo ajuntamento de mulheres ao portão, e a tia aos gritos lá dentro. Estava bambo e aturdido demais para manter uma aparência de sobrinho devidamente compungido e tudo que fez foi ficar passando a mão pela cabeça, perplexo, espantado com a dor da tia — de algum modo, ela tinha amado aquele homem nada agradável — e um pouco aliviado pelo fim disso. Cansara-se além de qualquer definição de ver a tia trazer-lhe novas receitas de um que outro médico, remédios que sempre estavam mais caros, e aparecer com benzedores espíritas ou católicos que pareciam exasperar ainda mais o marido, muito rígido em seu moralismo de homem simples, mas jamais um crente — as religiões lhe pareciam grandes embustes sentimentais adequados para mulheres, mais nada e, se ia a algum terço ou missa, constrangia a tia fazendo um"nome do pai" todo errado e ajoelhando-se com uma carranca entre feroz e envergonhada. Os braços se movimentavam ainda mais frenéticos contra aquelas presenças, e os benzedores se condoíam do que era apenas um desprezo desesperado por todos eles, "uá-uá-uás" muito mais estridentes que os de hábito. Mas ela sempre o achava mais calmo, depois que as rezas acabavam e os tipos se retiravam, deixando-lhe ou imagens de santos ou algum livro de Kardec. Confundia com efeito imediatamente eficaz da reza o alívio que ele sentia por não ver mais aquelas figuras circulando pelo quarto.

Fora os vizinhos, nenhum parente ou pessoa mais importante da cidade no enterro. E a casa estava nitidamente maior para ele e a tia, na volta. Ela sentou-se num sofá que ele mandara revestir de couro novo havia poucos dias, bem no canto, como se procurasse seu lugar de sempre — um ponto de recuo e encolhimento, como se a casa não fosse sua e houvesse muitas outras pessoas invisíveis, mais importantes, prioritárias, sentadas no sofá. Não chorava, mas de vez em quando puxava uma ponta de seu xale axadrezado para dar uma batidinha no nariz, fungando.

Ficaria muito mais sozinha agora, era o que queria dizer e não dizia. Numa decisão súbita, arrancou-se do lugar e foi para a cozinha, achando que se entenderia melhor com o papagaio. Ele rumou para o quarto, remexeu no caderno onde vinha escrevendo seu romance, colocou-o de lado, e foi tirando devagar a sua melhor roupa, um jeans novo que comprara havia poucos dias e uma camisa azul-claro, de manga comprida, que, sob um paletó necessário para a noite de maio, azul-marinho, de uma flanela que parecia brim, lhe valera elogios de Dalva na lanchonete e ele não quisera dizer — como mal queria dizer para si mesmo — por que o comprara.

Era aquele olhar. Ela nada fizera senão dizer-lhe "prazer" uma vez, passar em visita inescrutável pela redação, mas sim, o olhara, o olhara muito, era ele quem ela procurava na lanchonete Damasco, ao lado de Bruno.

Isso havia sido perturbador, não teria escapado obviamente a Romano, que afinal passara ali sob seu pedido e mando, com certeza; por que o interesse? A explicação, que esperava que viesse, banal e apaziguadora — pois tinha que temer Romano, tinha que temer qualquer ciúme ou desconfiança brotados da cabeça infernal de Donato — simplesmente não veio. Era normal, então, para Romano, que ela, curiosa, saísse pela cidade, e na certa passara pela Damasco e olhara para dentro, achando que o veria — veria o que ele fazia, com que se divertia, talvez por nada mais que combate ao tédio, cidade pequena e com tão poucos atrativos, e ela devia ter curiosidade pelos passos dos colaboradores do marido. O olhar, então, fosse qual fosse o seu motivo, acendera nele percepções novas, descobria agora que ela era bonita, que sem a franja e o ar de mirrada à Mia Farrow da noite no Colônia, e talvez sem aquele vestido sem graça — não podia vê-la por inteiro à janela do carro — era uma loira bem mais desenvolta e misteriosamente ávida, os cabelos caindo em ondas muito cuidadas.

Envergonhava-se do abalo que estava sentindo, nada parecido ao desejo rápido, violento e fácil que as putas lhe provocavam — era como se fosse, de repente, mais alto, mais robusto, mais elegante do que era, um homem que nunca fora, um homem do mundo como Donato, com a vantagem de ter anos a menos, e estava enternecido, como se tivesse que lhe oferecer proteção, como se sentisse gratidão por ela tê-lo olhado daquele modo. Com ela seu dever não seria o da penetração eficaz, seria outra coisa, bem outra, mais matizada, mais interior, mais delicada, algo que nem sabia que podia sentir. Não fora estranho que no dia seguinte percorresse as lojas no fim da tarde à procura de roupa melhor — de qualquer modo, teria que estar mais apresentável na festa, racionalizava, e passou algum tempo escolhendo, fazendo algo que não se lembrava de ter feito alguma vez, ele que usava qualquer roupa mais à mão: olhar-se no espelho de um provador, aconselhar-se com vendedoras.

Saiu de uma boutique vestido daquele jeito, e era como se o novo traje fosse ingrediente de um rito que teria que se cumprir de qualquer modo, pois a viu passar de carro com Romano na direção, mas nenhum dos dois olhou para ele e seguiram para algum destino que ele não conseguiu imaginar — talvez a volta para casa depois de algumas compras.

Na Carvalho Mendes cheia, com boa parte do comércio ainda aberto, ele subiu pela calçada, intrigado, exultando quando acreditava estar sendo notado por alguns olhares femininos. Numa das voltas, viu o carro: ela. Um vestido amarelo-claro, uma blusa de um alaranjado suave, uma echarpe dourada, e era surpreendente que ele não tivesse notado que aquele era um corpo muito bem feito, que sua magreza não era inexpressiva, mas lógica, nada além de elegante e um pouco etérea; bolsa e sapatos altos também amarelos, ela parecia traçar um clarão pelo meio dos transeuntes.

Entrou no supermercado e, devagar, chegando-se aos poucos, olhando para trás, para os lados, para os fundos daquelas prateleiras, onde apontava o balcão branco de um açougue e grandes peças de carne dependuradas, vendo-a passar ou examinar itens entre vãos de prateleiras de latas, caixas e garrafas, perseguiu-a, disposto a não perdê-la de vista enquanto estivesse circulando a pé por onde fosse. Ela avançou, ordenou alguma coisa ao caixa lá na frente, escrevendo sobre um papel que o rapazinho lhe passou, e, finalmente, olhou para trás, e ele teve certeza de que ela o notou sim, pouco e rapidíssimo que fosse.

Ela deu as costas para o supermercado, e o clarão sumiu de sua vista. Pensou que a perdia, mas não a viu pegar o carro, que permaneceu estacionado ali e, desanimado, viu-a depois de muito andar sem rumo e sem pensamentos claros, bem lá adiante, já se aproximando da Praça 12 de Maio.

Ela parou e sentou-se num daqueles bancos. Ele decidiu se parecer com um passante casual, e desfilou diante dela, trêmulo como se estivesse sob um julgamento que implicaria em resultados graves e imprevisíveis para seu destino. Era olhado sim, e, mãos nos bolsos da calça, isso o arrepiava, não tinha coragem de virar-se, encará-la, confirmar o interesse de um pelo outro. E não era estranho, assustador, que ela não lhe falasse nada, conhecendo-o como o conhecia, que o chamasse pelo nome e iniciasse alguma conversa banal sobre o tempo que esfriava, o que quer que fosse? Sentiu que se expunha, que passava por um exame sem precedentes em sua vida — nunca se sentira objeto de um desejo feminino que precisasse atrair, nunca se sentira julgado por seu corpo e seus poucos atributos, as iniciativas haviam sido sempre suas, sua única confiança a potência, as ereções, e sempre mirando corpos femininos que, profissionais, não faziam senão ceder. A hostilidade que tinha para com as mulheres vinha, afinal de contas, de suas poucas chances, de seus ressentimentos antecipados, e assim era melhor que se contentasse com pouco, ou seu orgulho seria esmigalhado de vez. Mas dessa vez estava submisso e, sem saber o que aquele olhar refletia e concluía sobre sua passagem, sentindo-se estúpido e envergonhado como um manequim inconvicto arrastado contra a vontade para uma passarela humilhante, simplesmente apressou o passo e foi para outras direções, sem olhar para trás, embora muito quisesse. Tinha a certeza alucinante de que ela o olhara muito, o avaliara ponto por ponto, que já existia entre eles uma conversa muda que não se atrevia a passar disso pelas razões e medos óbvios.

Acendeu um cigarro, e, com o cigarro, sentiu-se recuperado, defendido, mas o tremor de suas mãos fez com que imediatamente desejasse parar no bar mais próximo.

Quando Dalva, não ela, declarou admiração pela sua roupa na lanchonete, já havia passado por muitos lugares na cidade e, sem vê-la em nenhum, fora acabar a noite lá, vendo chegarem, sorridentes, Otávio, "Giselle" e "Jurema", com os quais ficou bebendo muito mais do que devia ou podia.

19

Uma tribo envelhecida

Teria que aceitar mais um dia, descendo para o café da manhã que transcorreria em silêncio, com os olhares por vezes assustados e rapidamente disfarçados da mãe e do padrasto, devido à noite em que fora praticamente entregue a eles, agarrado aos ombros de Siqueira e Otávio no portão, Atílio pegando-o e sendo repelido a socos erráticos que poderiam ter sido mais graves se ele tivesse energia real para uma briga, se não estivesse de dar pena. A cena cavara um hiato cheio de interrogações, presságios, embaraços, que tornava os ruídos da casa mais contritos, escassos, cautelosos, em que era visível que era preciso fazer alguma coisa por ele, mas tudo que faziam era temer que saísse de casa para novas bebedeiras e retornasse daquele jeito, fazendo por mantê-lo por ali, entre quarto, sala, banheiro, cozinha — o que equivalia a não fazer nem dizer nada, visto que era óbvio que ele mal queria se mover ou falar.

Lina sentira uma vergonha sem tamanho da presença de um Bellini à entrada de sua casa, ajudando a carregar o filho, e lançara olhares furiosos para Siqueira, que lhe parecera sempre responsável pelas piores facetas dele, espantando-se com aquela música de igreja no carro que, muito alta, despertara o quarteirão todo e pusera olhos nas janelas, gente indignada com a perturbação do sono. "Você não me volta mais lá, não é, querido? O velho Farid foi tão amigo do teu avô, essa gente sempre nos respeitou..."; "Não dou a mínima"; "Não me fale assim. Você acha que ela merecia tudo isso, todo esse sofrimento? Gina me contou que vive lá com o Tozzi agora, cheia de dinheiro e viagens, e parece que... parece que..."; "Que o quê, mãe?". Ela não respondeu, tolhida pelo olhar e o indicador sobre a boca que o ansioso Atílio fez, agitando-se do outro lado da mesa.

Gina lhe garantira que "o velho" dormia com as duas, única explicação para que o trio fosse inseparável como era; Atílio considerara isso um exagero risível, repetira um pedido para que não se pendurasse ao telefone com aquela mulher, embora soubesse inútil procurar corrigi-la disso que era uma das únicas distrações de sua vida confinada. Com o silêncio cerrado, a vontade de revelar de Lina posta no paredão pelo olhar de Atílio, Bruno balançou a cabeça, entre incrédulo e sem vontade alguma de cobrar explicações que poderiam lhe doer ainda mais, e subiu pelas escadas rapidamente, de novo procurando o abrigo de seu quarto. Atílio abriu a porta, um casaco às costas, e foi para a sua garagem, enquanto ela, sozinha, moveu-se pela sala, decidindo procurar a garrafa de conhaque.

À janela, lá no alto, Bruno ouviu-a fazendo a manobra de sempre — um pouco de música, umas vozes que lhe subiram, uma gaita, Canned Heat em *On the road again*, e depois a viagem no *Magic carpet ride* de Steppenwolf e a volta ao *Homburg* de Procol Harum.

Impossível saber o que Germán Grano faria no impasse em que ele, filho sem glória, se encontrava. Decididamente, ele vivera em tempos melhores — apesar de todo o medo pela ditadura daqueles anos; acender um baseado, pegar um ácido, tomar chá de cogumelo, o que fosse, parecia um grande desafio romântico, e vaguear pelas estradas, o polegar virado para o carro qualquer que aparecesse, fazer brincos, colares, pulseiras para vendas incertas em ruas de cidades igualmente incertas, dormir no *sleeping bag* ou sem proteção alguma ao relento, apanhar da polícia de vez em quando nas muitas *"dançadas para os homens"* às quais os postais e cartas traziam alusões, tudo isso era com certeza melhor do que essa vida imóvel, agora reduzida a um uso nada romântico das drogas. Qualquer bestalhão pela cidade, de óculos espelhados, tatuagens de presidiário, brincos e um baseado no bolso da camisa folgada e comprida até os joelhos, não era nada além de mais um na fileira dos que apreciavam algum velho Pink Floyd banalizado do mesmo modo como cantaria algum lixo moralista daquelas duplas sertanejas ensebadas vestidas com reluzente e minucioso mau gosto em shows com gelo seco e putinhas histéricas berrando em plateias de rodeios. Esse pequeno pulha crente de só ter direitos, resto de restos, fruto bastardo de sucessões de pequenas revoluções das quais não tinha a menor ideia nem fazia por querer saber, não tinha nenhuma aspiração além do dinheiro para as noitadas de muita cerveja e algumas carnes femininas, pouco diferentes da pasta de carne vagabunda moída que recheava seus hambúrgueres. Em nenhuma dessas novas tribos degradadas seria possível encontrar leitores de Jack Kerouac, Thoreau ou mesmo Hesse — pouco estavam interessadas em livros, tinha certeza disso, o que acentuava a estranheza de seus sonhos ao lado de Siqueira e tornava os dois tão peculiares — uns esnobes e chatos irremediáveis, para alguns.

Germán Grano. Temia pensar no que poderia ter se tornado, se reduzisse seu enorme sonho à dimensão do que sabia — Ricky Machado, com quem compusera a musiquinha para o antigo festival de Marineide Jordão, fizera um pacto com a decisão de ser um compositor sério que durara certo tempo, até que, depois de algumas voltas pelo país e alguns retornos — num deles, com um CD independente sob o braço — acabara por se assentar e juntar-se com uma garota que engravidara — o nascimento de um filho o embevecera e endurecera de vez; agora, era dos que faziam a música automática e mal ouvida do restaurante Colônia, trilha sonora para orgias de churrasco, mãos esfregando lábios sujos de sangue de picanha, idas ao banheiro para tonitruantes cascatas de mijo de chope, por vezes a música sumindo para dar lugar a uma televisão muito larga que exibia videoclips.

De outras tantas figuras, mais resistentes às mudanças, ainda assim uma tribo perdida, sabia de capitulações ainda piores, ternos, pastas de executivo, homens de negócios jamais exatamente honestos, apenas ajustados aos jogos e barganhas, ainda que mantendo certas barbas e rabos-de-cavalo, com muito mais recursos para ouvir seus discos, mas sem poderem mais que comover-se com algo que parecia ter sido grande, embora não muito claro nem bem entendido. Comoviam-se, sem poder fazer mais nada, com aqueles momentos em que vozes de anjos como Mama Cass e Michelle Philips haviam varado fronteiras, semeando promessas por um vento docemente apocalíptico que se expandira da Califórnia até esses interiores áridos do Brasil. "O que foi que perdemos mesmo?", imaginava-os dizendo, de vez em quando, e baixando cabeças para concluírem, "Ah, não foi muita coisa, tinha que acabar, era ingênuo demais".

E se Germano houvesse se sentado, enfim, à mesa patronal, de terno bem cortado, e até mesmo mandara ampliar o "G" de néon da fábrica? Quanto às lembranças do Brasil, nada que não houvesse sido substituído pela realidade mais concreta de uma mulher com quem estava realmente casado no sentido de continuidade e lealdade mínimas, fornicações regulares e sem sobressaltos devido a alguma vasectomia, negócios, política, tomadas de decisão duras e sem ilusão diante de vida e pessoas, daquelas que todo homem precisa adotar algum dia, não importa o destino escolhido.

Não, nada disso. Seu pai não se transformaria, Germán Grano teria, como as duas heroínas de "Thelma e Louise", preferido o suicídio glorioso à capitulação, se posto diante de um impasse radical. Em algum canto onde os remanescentes de sua época ainda podiam desfrutar de algum sossego, alguma cidade de praia não invadida por turistas, alguma montanha ou aldeia em vale de muitas árvores onde as coisas transcorressem sem pressa alguma, tinha encontrado algo que lhe parecia perfeito para uma velhice íntegra, fazendo o que sempre fizera, sem sofreguidão, mas igual a si, só muitos fios brancos naquela barba e naquele cabelo. Conseguira atravessar a ponte e atingira o pequeno país ideal do outro lado do nevoeiro.

20
Verdor olha para o alto

Os ruídos da rua a essa hora, uma fanfarra dispersa, mas algumas caixas e cornetas ainda soando, estudantes correndo, rojões, fizeram-no lembrar-se: era feriado municipal, o dia da fundação da cidade, e isso sufocou, por um bom tempo, as vozes daqueles discos que sua mãe ia trocando. Houve um momento em que ela também parou de colocá-los e, apesar de seu pouco interesse pela vida das ruas, ele foi à janela ver o que acontecia. Também ouviu o fusca de Atílio dando partida e pensou em Siqueira, que vinha mudando de uma maneira sutil, mas perturbadora, para ele: andava mais sério, voltado para aquele jornal absurdo, debaixo do braço daquele engravatado Donato, e ainda por cima despertando o interesse sonso e perigoso daquela mulher. Quanto a Isa, como se sentiria numa casa de fazenda, obrigada a dormir com aquele homem? Não conseguia vê-la senão como desesperada demais para resistir às manipulações da prima — em outro mundo, sob outras circunstâncias, ela não escolheria homem algum que não fosse ele.

A vontade de pular da janela para a rua foi violenta e teve que se conter. Dois helicópteros súbitos passaram baixo pelas ruas, com um barulhão que agitou ainda mais o ar tensionado pelos muitos sons de fanfarra e gritos.

A cidade olhou para o alto. Um dos helicópteros trazia um convidado importante de Brasília para a festa de amanhã na casa de Donato, mas só ele e Romano trocaram um olhar de entendimento à janela de sua casa ao vê-lo prateado, enorme, com letras em vermelho, fazendo seus giros sobre a torre da matriz.

Se seu humor fosse o de outros tempos, teria feito imediatamente uma gozação com o Siqueira que lhe apareceu no Bar do Padre, no fim da tarde — limpo, penteado, perfumado demais, com aquela roupa que, daquele tipo, nunca o vira usar; diria que ele estava sim agora à altura do "Fúlvio Honório" detestado, mas ponderou, fez uma carranca arrependida quando ele lhe falou do tio morto. Resumiu o caso e nada falou de Érica nem explicou a roupa nova — precisaria estar às sete horas numa cerimônia besta, com palanque e discursos de vários medalhões verdorenses, na Praça 12 de Maio, para ouvir, anotar e ter o que relatar a Donato Rocha. Depois, pensava em jantar no Colônia — ele já podia se considerar convidado. Bruno passou a mão pela cabeça, olhou-o — havia muita coisa mudando, seguramente, dinheiro para um restaurante desses no bolso de um deles, onde já se vira? Concordou, pouco se importando com qualquer escolha.

Conversavam com dificuldade, o Bar do Padre cheio de gente, pedidos, gritos, choques entre bolas de bilhar e exclamações, garrafas e copos tilintando, vozerio por todo o centro, e viam-se quase forçados a gritar, de modo que pediram a conta — paga exclusivamente por Siqueira — e saíram, levemente tonteados pelas cervejas, tropeçando em pessoas que lotavam as calçadas à espera do desfile que desceria pela Carvalho Mendes e faria retorno pela Roberval Jordão.

A Procópio Luz estava cheia e a igreja matriz de Nossa Senhora de Fátima, também chamada de "basílica" pelos mais orgulhosos, pois era a mais ampla e imponente de todo o noroeste, segundo juravam, tinha um formigamento singular no átrio, nos estacionamentos ao redor, em que cavalos, charretes e carros do ano se misturavam, a estátua branca da Virgem com o Menino lá no alto, vagamente avermelhada contra o dia que se apagava.

Num trio barulhento, com muitas risadas, passaram "Maritaca", "Chimbica" e "Mary M." e Siqueira pensou ter avistado "Giselle" e "Jurema" também, além de "Voçoroca" com um copo de cachaça na mão em hora adiantada e algumas caras menos gratas — cupinchas de Alfeu Jordão — pela multidão que os dois iam tentando romper à sua passagem.

Finalmente, chegaram a outro bar, este mais calmo, ao lado da Praça 12 de Maio, onde podiam conversar; a cerimônia marcada interessava à massa menos que o foguetório, a missa, os ambulantes de doces, refrigerantes, pipoca, o desfile de escolas municipais com fanfarra, as duplas sertanejas que se apresentavam nas imediações da matriz e da Praça Procópio Luz. E era compreensível que preferisse a festa quarteirões abaixo: discursos ufanistas, sem a menor penitência, de Cirilo Bortolotto, cuja voz era particularmente aguda e desagradável, precedidos pela leitura dos poemas sobre a cidade, feita pelo já ancião Claudionor Carelli, um fazendeiro cuja glória máxima consistira em escrever, na juventude, a letra do hino de Verdor. Tremendo muito com os poemas na mão, assistido pela mulher, que não tirava da boca um sorriso armado para um fotógrafo contratado pelo prefeito, ele tinha de gritar ao microfone, o que fazia mal, mas ninguém o ouvia nem queria ouvi-lo, todos — o prefeito Teobaldo Tozzi, o proprietário de "O Verdorense", os vários vereadores, amigos e xeretas de palanque — atentos a outra coisa ou embevecidos demais com eles mesmos, de paletó e gravata, para dar importância ao homem. Mas Cirilo sempre o elogiara na sua coluna, "Passarela Verdorense", de primeira página — chamava-o do "Grande Bardo do Vale do Paturi", e era sincero:

poesia para ele era isso, versos patrióticos ou hinos e exaltações a personalidades e famílias, não as "novidades modernas", não Manuel Bandeira, o "boêmio imoral", ou Carlos Drummond de Andrade, que tivera a ousadia de colocar "cu" num poema sobre Nossa Senhora e o Menino que lhe fora mostrado por um amigo, segundo se dizia, corroborando a certeza que tinha de que todos esses grandes poetas elogiados por uma crítica que não compreendia eram heréticos, pornográficos, comunistas, apoiados por judeus, pedófilos, pederastas e inimigos da família e da propriedade. Para ele, se tudo houvesse acabado em Gonçalves Dias ou no máximo em Guilherme de Almeida, teria sido o ideal. Achava Bruno um jovem doentio, um "problema para a família", e o publicava cheio de censuras e admoestações. Não andava sentindo falta de seus escritos, agora que não mandava mais nada ao jornal. Pensara que Siqueira, que chamava de "escurinho simpático", duraria mais do que durou escrevendo lá as suas coisas, muito elogiadas, embora ligeiramente perigosas para seu gosto.

— Esse Cirilo... Ele deve ter em casa algum retrato do Mussolini. A mulher dele, aquela que ensinava piano, de vez em quando se punha a martelar com raiva as teclas e berrar *facceta nera, bell'abissinia/ aspetta e espera che giá l'ora si aviccina!*

— Italianos... — resmungou Siqueira, passando a mão pelo rosto.

— Sim. Italianos... — Bruno fez eco, um pouco incomodado ao lembrar-se dessa ânsia de exterminar Etiópias, da mãe e dos avôs (dona Redenta se persignava ao enxergar pela rua algum dos poucos negros realmente negros que existiam na cidade), mas achando-se intocado para criticar, para lamentar.

— Ele está odiando o "Nova Cidade", nunca imaginou que haveria outro jornal em Verdor. Achava isso totalmente impossível.

— Ódio besta, porque essa novidade nem é melhor.

— Não debocha, eu bem que me esforço pra não ser muito

vergonhoso. Ei, você me cederia alguma coisa tua pra publicar lá? Não precisa ser nada novo, qualquer coisa das que você tenha guardado... — Siqueira arriscou, olhando ora para os olhos de Bruno, ora para a rua, como se temesse a resposta negativa que tinha certeza que receberia e procurasse fugir ao próprio embaraço. Mas surpreendeu-se com um dar de ombros do outro, que parecia estar pensando em tudo, menos em literatura, nesse momento. — Não entendo por que esse interesse do Donato. É estranho, isso: valorizando a gente, que não somos nada pra esses broncos, que mal se importam com arte, cultura...

— Ah, é que ele tem pretensões, quer exibir o que julga canários premiados na sua gaiola. De algum modo, ele está dizendo que é superior aos inimigos, ainda que isso não o ajude muito. É um pouco como Marineide Jordão, que também deve se sentir superior às outras Jordões, mas ela pelo menos gosta realmente de ler e nem escreve tão mal. Só que Donato... bom, sempre fica bem respeitar escritores, artistas em geral, da boca pra fora, ainda que na realidade todos se lixem para eles: que paguem o preço pela excentricidade, que continuem fodidos, mortos de fome. Quando subir ao palanque, na certa ele vai falar de seus altos interesses pela cultura. Não há nada de esquisito nisso. É só a hipocrisia dele, que é menos tosca e direta que a dos fazendeiros.

Uma hora mais tarde, com pernas pesadas, apoiado um no ombro do outro e rindo e xingando, atravessaram a Praça coberta de bexigas, pacotes esvaziados de pipoca e amendoim ao vento, cães vagando e comendo restos, mulheres com vestidos de missa ou de feriado, latas de cerveja jogadas aqui e ali, alguns bêbados estendidos em bancos, e ainda *La Mer*, com Ray Conniff, ecoando no velho toca-discos com serviço de alto-falante no coreto.

Rumaram para o Colônia sem fome, Siqueira satisfeito por ver Bruno menos triste, se bem que pensasse que seria bom comerem logo, pararem de beber um pouco. O restaurante estava tranquilo, algumas cadeiras à porta, mesas a escolher lá dentro, e procuraram uma mais ao fundo, a caminho do banheiro. Siqueira, não se contendo, deixou a carteira bem visível para o garçom que se aproximou para anotar o pedido; o sujeito baixou os olhos, não se mostrou muito impressionado, enquanto Bruno fazia uma cara de incredulidade, não sabendo se essa exibição não merecia um tanto de pena — concordou com Siqueira em que seria filé à cubana, esborrachou-se na cadeira, pôs as mãos sobre o estômago, fechou os olhos.

— Não se ponha a pensar, hem, compadre? Nada disso agora.
— Não, não. Não quero pensar em nada. Essa merda de prato vem logo? — abriu bem os braços e, de súbito, levantou-se, avançando trôpego para o banheiro. O garçom passava e deu uma olhada oblíqua e hostil ao ouvir o "merda"; Bruno olhou-o, riu e sacudiu a braguilha o mais ostensivamente que pôde para ele, em resposta; Siqueira passou a mão pela boca, apreensivo. Não seria o tal Edgar? Impossível saber, e o tipo, embora calado, continuou a lhes trazer cervejas e apareceu depois com os pratos fumegantes, dispondo-os na mesa. Comeram sem pressa, rindo com bananas e figos garfados em disputa, enquanto o músico da casa caçava as notas iniciais de *Let it be* e, quando começou a cantar, Siqueira deu-se conta de como a canção podia ser enjoativa. Mas Bruno não viu a careta de susto que ele fez, surpreso, ao olhar fixo para um trio que entrava.

Floriano Tozzi, Isa e Daisy estavam à porta, olhando para os lados, Floriano à frente das duas, imediatamente cumprimentado pelo dono do Colônia, que se precipitou em sua direção, cheio de dedos, curvo. O músico parou de ensaiar para olhá-lo também. Siqueira abençoou o fato de Bruno estar de costas e decidiu que era preciso mantê-lo sem olhar para lá, entretê-lo, conversar. Mas uma nova onda de fregueses, e dessa vez heterogênea e volumosa, entrou com certa estridência, ouviu-se buzinas e gritos lá fora — algumas das presenças do palanque, o prefeito em evidência, muito à frente, estavam agora ali, e viu-se, como sombra colada a ele, Cirilo Bortolotto, que olhou torto para a mesa de ambos, escondendo sua contrariedade, embora o fizesse mal — o rancor o amarelava, deixava sua boca de lábios finos reduzida a um risco ainda mais reto. O fotógrafo da Prefeitura entrou seguido pela mulher de Bortolotto e por Claudionor Carelli, ajudado pela mulher a subir os poucos degraus da entrada, e o reencontro entre Teobaldo e seu primo, pois se viam pouco, foi cheio de abraços e tapas vigorosos.

Isa se mantinha cabisbaixa e de modo algum parecia ter visto Bruno e ele. A seguir, porque estava escrito que ele ficaria sem saber o que fazer, entraram Donato, Érica e Romano, e um sinal alarmado de Donato indicou que era preciso que eles se desviassem do grupo de figurões ao centro do restaurante, procurassem mesas mais distantes; o sinal era ríspido, ele praticamente empurrou Érica e Romano para a direção indicada, mas sempre que olhado, respondeu com sorrisos.

Não olhou para a sua mesa, Érica parecia distante e talvez um pouco aturdida, Romano a conduzia com a delicadeza que lhe era possível, ele estava automaticamente encolhido, agradecendo mudamente aos corpos móveis que se interpunham entre sua figura a do patrão, desejando reduzir sua cadeira a nada, Bruno saciado, entorpecido, falando alguma coisa sobre Rilke ou os Beatles, que ele entendia mal. Mas seu nervosismo fez com que derrubasse um copo sobre o prato já esvaziado e o outro tinha que acabar por notá-la. Como a explicação só podia estar no foco de visão do amigo, Bruno virou-se. Deu com Floriano puxando cadeiras para Isa e Daisy mais adiante. O ímpeto de levantar-se foi imediato, mas Siqueira puxou-lhe o braço, fez força para que de modo algum se movesse. — Você não vai me fazer besteira, vai? — sussurrou. Bruno virou-se para ele, acomodou-se vagamente contrariado, cerrou os lábios: — Não, não.

Fiar-se naquela sensatez nervosa? De que falar para distraí-lo do que lhe estava às costas? Seria impossível, agora, conversar o que quer que fosse, ele tremia muito e Siqueira fez um sinal pedindo a conta para o garçom. O rapaz demorava, perdido em anotações lá pelo meio, e os dois não podiam levantar-se nem ficar ali por mais tempo sem que fossem notados — a ansiedade os obrigava a engolir mais cerveja, mudos, forçados a olharem apenas um para o outro e se agastarem.

No ir e vir dos fregueses, Floriano Tozzi passou rente à mesa rumo ao banheiro, deixando um rastro de perfume cítrico; Siqueira temeu que Bruno, que tapara o nariz à passagem do cheiro como se fosse um desprezível fedor, lhe passasse um trança-pé. O outro no banheiro, Bruno desejando que a mijada lhe fosse penosa, de pedra nos rins, ergueu-se, mostrou-se todo para a mesa de Daisy e Isa. As duas, então, deram-se conta de sua presença, Isa tapando os olhos e puxando as mãos para baixo, como se quisesse desfigurar-se o nariz, a boca, os maxilares, rija, bela a um ponto indizível num vestido verde-esmeralda com ombreiras, uma corrente com medalhão que ele nunca vira nela, e Daisy meio que se erguendo da cadeira.

Siqueira, por mais que lhe segurasse o braço, não teve forças contra um repelão, Bruno livrando-se, aprumando-se, copo na mão, indo para a mesa delas. A essa altura, Daisy já se punha como escudo no caminho, e Floriano acabara de sair do banheiro, olhando-os sem entender. Siqueira ergueu-se e voltou a sentar-se repetidamente, sem saber o que fazer, enfiando a cabeça nas mãos.

— Rapaz... — Floriano bateu de leve no ombro de Bruno.

Ele virou-se, mediu o rival, riu: — Fala, velho. — E empurrou-o, fazendo-o desequilibrar-se, apoiar as costas a uma mesa providencial.

— Que é isso? Comporte-se... não aqui...

Bruno não falou, desfechou um soco que não atingiu bem o rosto, mas o pescoço, e a seguir o homem lhe prendeu a mão, barra de ferro inegável apesar da idade, com gente se levantando ao redor, o fotógrafo da Prefeitura querendo aproximar-se, Teobaldo pasmo numa mesa, indo com a mão automaticamente para uma garrafa de vinho, um grito abafado de Daisy, Isa virando-se para a parede — não olhar, não olhar.

Bruno, odiando retorcer-se, impotente, a mão inutilizada, recorreu aos joelhos contra aqueles bagos, o homem soltou um "ui" desesperado, prolongado, que o deixou muito satisfeito. Mas se refez, bradou um palavrão e foi empurrando-o, empurrando-o para a porta, embora mãos, vozes, alarmes, quisessem contê-lo — estava agora inteiramente decidido e, dentro em pouco, rolavam na calçada, num abraço que não se desgrudava como se precisassem, com um nojo proporcional à atração, de uma intimidade que definisse o tamanho e a capacidade dos ódios.

Cuspe do velho em seu rosto, os pelos brancos asquerosos no peito com a camisa entreaberta, ah, puxá-los com toda força, arrancar tufos do bigode, apertar até estourar o volume que queria inane do pau de sexagenário, desfazer o que quer que fosse o elemento de encanto que houvesse aprisionado Isa, Floriano, muito mais alto, murmurando que ele veria, ele veria, grude repleto de arranhões, xingamentos, sufocadas, esperneadas, dentes contra dentes, engalfinhados sem definição, nenhum vencedor.

Mas, cansado daquela força de conta bancária sem limites, pasto, cavalos, bois, currais, canaviais, cafezais, arrozais, gasolina e raiva, que de repente pareceu-lhe mil vezes mais acumulada, densa, experiente e antiga, Bruno começou a apanhar, múltiplos, voluptuosos socos na cara, onde o velho arranjara aquela potência? — era granito, totalmente ávido por marretá-lo, por reduzir seu rosto a uma pasta sem a menor capacidade muscular para rir, e era preciso pará-lo, que não matasse o Alfieri, que diabo é isso?, alguém gritou, arrancou-o de cima, Bruno vendo-o levantar-se puxado por um braço muito rijo, o de Teobaldo. Siqueira veio em sua direção de longe, mas de muito longe, sem que seu rosto nunca chegasse ao chão, sem que sua voz lhe parecesse mais que uma coisa fanha e desarticulada, Isa e Daisy pairando, assustadas, à porta, onde mais gente, vozes, passos, se juntara.

Viu Floriano ser conduzido e consolado por Teobaldo, passando um lenço pela boca, levado para dentro do restaurante, e Isa e Daisy seguindo os primos; por um momento muito breve Isa parou à escada para olhar para trás, pensara ir ajudá-lo? Não: não houve tempo para saber, pois agora o garçom, a quem ele oferecera a braguilha na ida ao banheiro, desceu, afastou Siqueira para um lado, se aproximou inteiro e desfechou-lhe um último pontapé — um não: dois, três — nas costelas.

Livro dois

O país de Germano

21

Ritos de Lina e Atílio

Sair da escuridão. É assim que se sai da escuridão — devagar, mais que devagar, com o modo arrastado e milimétrico de um lagarto pré-histórico a emergir do ovo. Lutar, lutar contra a persuasão física das sombras, contra a tendência a desaparecer confortavelmente na maciez dos buracos negros do sono, o desejo de nunca mais acordar e ficar ali, extenuado, pasto das assombrações viscosas, dos vermes cariciosos do torpor. É preciso sair, mas a vontade vai sendo esmagada pelo magnetismo do nada, pela sedução tenaz das sombras, pela delícia de não agir, não pensar, não ser, e qualquer gesto de resistência parece impossível. Um ligeiro erguer da perna ou um mover do ombro é tentado, mas não há continuidade, o desejo é débil, o sono maciço, e convém não esquecer que a vida em vigília sempre foi ruim.

Mas ele não quer morrer, e ali se pode morrer imperceptivelmente, a tentação é grande, as sombras convidativas. Precisa dar uma ordem ao corpo, imperioso levantar-se. Os primeiros sinais do dia lhe chegam de alguma central remota, usina de vaguezas, ouve ruídos esgarçados, talvez Atílio tirando o carro da garagem, um galo, a passagem rangente da carriola do vendedor de verduras, música.

Ainda não é nada, ainda é uma forma tão incerta quanto o primeiro borbulhar de vida inumana no oceano primitivo. Onde fica seu rosto? Como achar o umbigo que o lançará de volta à organização familiar do eu? Tateia, tateia, e tem que descartar milhares de eus irreais até atingir uma conformação sólida. Ali não se pode fiar em nada, ali se tem todas as possibilidades e só uma delas, errática, pode conduzir ao respiradouro que abre para o mundo real.

Finalmente, uma pequena vitória sobre o inominável: reconhece a parede com a fotografia do avô Bruno e da avó Redenta, Lina Alfieri no meio, a estante, o criado-mudo, e sente que retorna à superfície do mundo, que o gênio da ordem e da familiaridade lhe atira um bote salva-vidas. Sai do domínio líquido balançando a cabeça, isto é um braço, acolá uma perna, os cacos reconhecíveis se juntam e dão um conjunto satisfatório ao fantasma. Que boceja, espreguiça, e passa a pertencer ao não menos nebuloso mundo dos vivos. O que mais deseja agora é um cigarro.

Lina acendeu o seu, enquanto Atílio a olhava, ou melhor, recusava-se a olhá-la detidamente para não ter que pensar e sofrer por vê-la agora, cada vez mais gorda, voltando a fumar mais do que nunca, cerca de dois maços por dia. Já uma vez, contrariando sua natureza pouco agressiva, tirara-lhe o cigarro da boca, brusco, e ela ficara indignada, chorara um pouco e fora para a cozinha, emburrada, fazer ele sabia o quê: agarrar-se a alguma garrafa de vinho ou conhaque, a alguma lata de cerveja tirada da geladeira. Pegava o que quer que fosse para montar um sanduíche e ia devagar, muito devagar, cada passo custoso só sendo amenizado pela esperança de comer e beber que lhe infundia umas poucas energias, passava o dia diante da televisão, esparramando-se, dilatando-se, ficando com a respiração cada vez mais difícil, penoso carregar aquelas coxas, aquela barriga, mas o rosto ainda não fora desfigurado por uma papada muito grande, ainda era bonita, e ele procurava vê-la sob a luz de quando a conhecera, de quando um paladino desconhecido e orgulhoso emergiu em si, decidido a proteger a mãe solteira e a mulher solitária frequentadora de cinema e muito esquiva, dada a passagens como que sorrateiras pelo footing da rua central.

Era preciso vê-la também à luz da noite de lua de mel (pois ele quisera algo parecido, mesmo que eles não houvessem passado nem por um cartório): fora num hotel mineiro, quando descobriu como era difícil fazê-la alegre, disponível — sempre um tanto enojada de seu corpo, fechando os olhos para não vê-lo despir-se, reclamando, mas, por fim, entregando-se e parecendo gozar, agradecendo-o, beijando-o, pegando no que antes só olhara de esguelha, repugnada, entre medo e respeito: "Pesa muito, é grosso. Cheiro forte. Você lava isso sempre?" Não quisera ficar na cidadezinha, conhecer campos e serras e cachoeiras, por mais que um dia — pressa de voltar para Verdor, pressa de tal modo ansiosa que ela chegara a lhe parecer um daqueles primitivos africanos sobre os quais ele lera que, saídos de seu círculo geográfico mágico, definham em outras partes.

Desde a noite em que Bruno fora trazido por Siqueira num táxi para casa e ela desmaiara ao vê-lo com os hematomas, meio inconsciente, e fora preciso que Atílio o levasse ao hospital, alguma coisa parecera apagar-se nela, a vergonha pública de seu filho tornando-a, se possível, ainda mais confinada, com medo até mesmo dos telefonemas de Gina, como se a cada vez que o telefone soasse alguma coisa inapelável, humilhante e drástica lhe fosse ser comunicada. Atendia-o trêmula, suspirando, precisando de um sofá por perto para receber as notícias, recorrendo a doses de conhaque. Não quisera acompanhar o parceiro nem quando, recuperado, tratado com algum desprezo e muitos risos pelos corredores até pelos médicos e enfermeiras numa Santa Casa que levava o nome do benemérito Belmiro Jordão, Bruno tivera alta e ele fora buscá-lo no fusca. Mal saíam e ganhavam a rua, ombro a ombro, ouviram um bando de moleques gritar "Apanhou do véio, apanhou do véio". Entraram apressados no carro, mas eles seguiram o fusca rua abaixo com o coro eufórico, dando chutes no porta-malas. Uma vizinha se dera ao trabalho de lhe contar isso, porque conhecia bem os pais de um dos moleques, querendo parecer solidária e disfarçando mal uma patente satisfação vingativa— pois havia na rua consenso de que os Alfieri eram "metidos". Lina não teve energia para dizer a ela o que merecia. Com a lucidez de Atílio apontando-lhe com cuidado a natureza baixa daquela gente, perdera qualquer ilusão de ser querida por ali — simplesmente se resignava a tudo, fingindo não ouvir, puxando outros assuntos fúteis. Bruno de volta, tinha uma ânsia absurda de que ficasse naquele quarto, não se mexesse, como se, mesmo inteiro, mesmo devolvido ao seu natural vigoroso, embora com algumas bandagens, e podendo movimentar-se à vontade, fosse preciso vigiá-lo, ampará-lo, agarrar-se aos santos — era uma preciosidade sua que fora quebrada e que talvez nunca mais encontrasse reparo.

Volta e meia subia até o quarto, entreabria a porta para ver se ele estava mesmo ali, com suas revistas e livros. Isso constatado, fazia um "nome do pai", murmurava um agradecimento a quem quer do alto que lhe concedera a graça e Atílio notava que o rito a tranquilizava para enfrentar razoavelmente o resto do dia — que não seria diferente de nenhum dos outros, sempre ali, sempre vagando pela casa e indo no máximo até o quintal, ver as plantas dele, dar palpites, conversar com um gato da vizinhança que se acomodava no muro. Se ia para a rua, arriscando-se a andar por menos que três quarteirões até um supermercado novo, acabava voltando, deixando as compras todas para Atílio, já que todo rosto conhecido parecia atirar-lhe na cara o seu fracasso de mãe, o ridículo de um jovem que achara que poderia afrontar um Tozzi, e logo o menos fácil, o mais retirado, obscuro como um tabu para todos os velhos moradores da cidade.

Suportar os olhares e cochichos do banco não pareceu tão difícil a Atílio — repelia as abordagens tímidas e maliciosas, as tentativas de perguntar e saber, com o melhor de sua bonomia estoica. Mas teve que se defrontar com Teobaldo Tozzi, que lhe veio, compungido, querendo disfarçar o sorriso, a superioridade, bater nos ombros e dizer que era solidário, que era mesmo difícil lidar com jovens, "tão impetuosos, tão cabeças de vento, meu Celsinho mesmo..." — e se punha a descrever as peripécias do filho, os gastos absurdos, as viagens de motocicleta pelo interior do estado, arriscado a quebrar o pescoço, a se esfarelar, porque não tinha limites. Mas não se contentou com conversar (ou monologar) com ele no banco — apareceu-lhe ao fim de um dia de expediente, sabendo que chefia e funcionários rumavam para um bar nas proximidades da agência, e convidou-o para uma cerveja. Queria garantir-lhe que Floriano Tozzi apenas se defendera, sentira sua honra em jogo, era "uma flor", jamais um homem agressivo, incapaz de ser bruto com quem quer que fosse, e que se encantara pela moça, não constando que ela tivesse lhe ficado indiferente. "Olha, é um porto seguro, aquilo... Ela nunca mais terá que se preocupar com nada, conseguiu o que muita mulher daqui daria a vida pra ter. A prima também está garantida... cá pra nós, hem? Umas senhoras coxas... O que meu primo está sendo é generoso, generoso demais até, mas é assim mesmo. Sempre teve fraqueza por mulheres bonitas, sempre gastou demais com elas..." — e riu: "Mas dar conta de duas, não sei, naquela idade. Bem, de briga ele até provou que ainda é bom".

Atílio engoliu a cerveja rapidamente e, sem deixar de sorrir e agradecer, alegou ter pressa de fazer algo em casa. Ao subir no carro, pensou em sua rotina de chegar, pôr o fusca na garagem, ser engolido por aqueles silêncios que tornavam a casa tão peculiarmente morta, diferente das outras da rua, e depois encontrar Lina dormindo na sala, a televisão ligada e um pacote de salgadinhos de sabor bacon ou batata frita esvaziado em seu colo. Desgosto de que ela se deixasse acabar desse jeito, de que não se importasse nem um pouco em perceber que ele estava vivo. Colocaria um disco na vitrola, ouvindo vagamente os passos de Bruno em seu quarto lá no alto, e acabaria vendo televisão ao lado dela quando ela acordasse, indo os dois dormirem cedo — mais do que suficientemente descansada, ela teria suas insônias, suas perambulações pela casa, já meio sem saber direito o que era vigília, o que era cansaço, o que era sono, reagindo a qualquer tentativa de se encostar que ele fizesse, "isso tem cheiro de mijo, é nojento, me deixe quieta".

Os pensamentos fizeram com que relutasse, sentisse um estranho desgosto pela rota habitual, passar por aquelas ruas, virar a uma dada altura, capitular a uma espécie de condenação à melancolia. Pensou se não deveria tomar algum caminho diferente nessa noite. Lançou olhares sem rumo para as ruas, como se alguém pudesse aparecer com a voz, o gesto, a coisa certa a lhe dizer para que o seu desespero abafado cessasse.

Numa esquina, junto a um poste, viu uma garota com uma bermuda que era quase um fiapo, com pernas alucinantes de lisas e bem feitas, todo o resto muito bem torneado, um rosto a que se podia dar talvez uns vinte anos. Passou um pouco mais devagar com o carro, procurando enxergá-la melhor e olhando para todos os lados, como se a qualquer momento o flagrante do olhar de um conhecido fosse possível — ela o notou e rapidamente notou também seu embaraço, com um sorrisinho. Entendeu que era preciso que fossem discretos, foi se afastando, fazendo um sinal com o indicador, tirou da boca o que talvez fosse chiclete, e começou a tomar o que lhe pareceu uma direção bem precisa, por onde ele poderia enveredar com tranquilidade; a avenida era de pouco trânsito, a caminho do cemitério, e ela dobrou para um quarteirão escuro.

A escuridão pareceu cada vez mais propícia e crescente, o coração lhe disparou e a ânsia o deixou com a boca seca — tantos anos fiel a Lina, isso era agora tão indecente, culposo e deliciosamente aventureiro como uma escapada de adolescente, mas também lhe dava medo — umas vagas lembranças de homens de sua idade morrendo de enfarte em cima de garotinhas fizeram com que desconfiasse do que acontecia por dentro de seu tórax; indo à frente, relanceando olhares maliciosos para trás, ela se distraiu e se assustou com um gato, pulou de lado, rindo, e tropeçou num saco de lixo. Ele estacionou o fusca devagar, seguro quando viu que a rua terminava em um beco que parecia um trecho quase rural, com muitos mamoeiros e os sons de alguns cães, e que não haveria ninguém para vê-lo e delatá-lo. Abriu a porta do banco ao seu lado cautelosamente. Ela entrou, desenvolta, abrindo displicentemente a blusa, ignorando que ele estava por morrer, com a palpitação. "Oi, tio...", ela disse, de imediato puxando o zíper de sua braguilha. Não disse que cheirava mal, ocupada em engoli-lo.

22
No fundo de um corredor

Tia Rita, ao trazer-lhe a velha xícara de ágata (que chamava de "ferragato") com café e uns "bolinhos de chuva", sentou-se do outro lado da mesa e a seguir levantou-se, inquieta, voltando ao fogão. Sabia que ela tinha algo a lhe dizer, que, nervosa, relutava, mas que não demoraria a fazê-lo. E, quando o disse, tremia um pouco — só agora reparava que ela estava mais magra, e o uso de roupas pretas acentuara a sua magreza, os cabelos brancos tão finos que qualquer ventinho vindo da porta da cozinha, arrepiando de leve as penas do papagaio, fazia esvoaçarem fios do seu penteado negligente.

Murmurou, então, um nome, Venira, uma prima que morava numa casa remanescente de colônia numa fazenda de Alfeu Jordão, a Formosa, a uns trinta quilômetros dali. Também havia ficado sozinha, perdido seu Waldomiro, homem de enxada que um câncer da "prosta" levara. Como desde a morte de Venâncio não aguentava de sozinha — e, ao dizer isso, deu o suspiro mais sentido que ele já ouvira — queria ir morar com Venira, ambas fazerem-se companhia. Afinal, nunca fora muito dada a essas coisas de cidade, gente que se dá tão pouco entre si, vizinhos novos que nem a cumprimentavam, um carro que quase a atropelara outro dia — e o motorista jovem ainda a xingara por andar devagar —, o mal que a casa lhe fazia, lembrando-lhe a todo momento a presença de Venâncio. O que queria era, consternada, saber se lhe faria falta, se ele não precisaria que ela ficasse — claro que Siqueira sabia que ela não diria o óbvio, que já estava farta de saber que era como um móvel confortável a mais, que a cabeça dele não dava espaço para uma figura já por si tão empenhada em discrição ilimitada. Ela precisava, no entanto — como sempre precisara — que a autorização de um homem da família validasse sua escolha.

— Claro que pode morar na Formosa, tia. Eu me viro aqui sozinho, quase não fico, quase nem como em casa, a senhora tem visto. Vou dar um jeito, de vez em quando vou visitar a senhora, levo algum dinheiro. Por aqui, me ajeitarei como der.

Grata, fungando com mais força na ponta do avental, ela se atirou sobre ele, num ato inesperado, pois que, muito tímida, jamais tivera coragem para tanto: abraçá-lo e beijá-lo. Comoveu-se, ficou sem jeito, quase derrubou o café na mesa e, tossindo, deu um jeito de ir à porta da cozinha, olhar para o céu, para as mudanças do tempo.

Deu-se conta de que esse desejo de mudar para a roça devia ser muito antigo dentro dela, e nunca pudera esperar do marido qualquer complacência para com ele, Venâncio a tratando sempre como "mulher de bugre", como ela dizia, nas vezes em que ousara reclamar. "Meu filho, pelo que resta da minha vida, vou ser feliz, vou cuidar de horta e galinheiro com a Venira, lá na Formosa. Agradeço muito..." — disse, com a voz meio que lhe faltando. E pôs-se a arrumar, no quarto, roupas a levar, a pequena mudança que na certa há décadas vinha engendrando. A estridência dos gritos do papagaio, por um momento, pareceu o eco da alegria que estourara por dentro dela — e na certa ela o levaria.

Ele estaria reduzido a essa casa, onde mal escutava a vida dos vizinhos, ninguém com coragem para sequer cogitar de ser seu amigo, sua figura pública parecendo intimidadora, homem de saber, homem que sempre olharia de alto para figuras miúdas, reles, subalternas e sem capacidade de saírem do chão, único lugar onde poderiam procurar aconchego e reconhecimento.

Nos dias seguintes, veria a tia agitar-se, entusiasmada como nunca, achando energia nos ossos, nas pernas doídas, nas cadeiras tortas, para se mover e providenciar arranjos de última hora, coisas que esquecera e que a seguir lembrara com satisfação, contratando depois um velho caminhão de um conhecido que percorria as fazendas para fazer a sua carga de uns poucos móveis mais queridos e um baú. Ao chegar, o homem, um japonês sem dentes, saudou-a vivamente e para ele tirou o chapéu, embaraçado. Numa quinta-feira um pouco chuvosa, despediram-se no portão. A casa não era sua, sempre fora dela e de Venâncio, ele apenas a ocuparia agora como um herdeiro potencial fadado a uma solidão ainda mais pronunciada, mas lá tinha ilusões quanto escapar à aridez de sua vida? Os cinco cômodos de esquina, onde ele sempre vivera, eram um patrimônio de que ela poderia dispor quando quisesse, mas, preferindo a prima na Formosa, talvez só voltasse um dia se coisa muito urgente e grave a cutucasse. Melhor que ele cuidasse, com o que pudesse, para que ela ficasse satisfeita em sua minúscula felicidade, dividida com a prima entre aves e couves, naqueles verdes anexados por um Jordão.

Tinha pouca vontade de sair de casa, um desânimo misturado à certeza infeliz de que, saindo, teria que constatar de novo a ausência — que já era de meses — de Bruno pelas ruas ou bares. Passara algumas vezes pela casa, dona Lina não aparecendo sob a ponta de cortina à janela, o fusca de Atílio ausente da garagem, só um gato para olhá-lo longamente e uns sons de televisão muito abafados lá pelos fundos. Saía por obrigação para o trabalho no jornal, que vinha parecendo cada vez mais condenado, incerto. Partidários e colaboradores, já em número pequeno, tinham visto o lançamento das candidaturas a prefeito e o quase nenhum interesse que o nome de seu patrão despertara — afora a manchete que haviam providenciado, com uma fotografia enorme de Donato ocupando quase toda a primeira página, quando do lançamento, não parecia acontecer nada. Não era mais lógico que ele tomasse a iniciativa repentina de fechar o semanário? Com isso, alguns deles perderiam um emprego inesperado que os vinha ajudando muito no orçamento doméstico e torciam, naturalmente, mais pela continuidade deste que pela vitória de alguém que secretamente consideravam sim um arrogante digno de derrota; agora era preciso trabalhar um pouco mais, entretanto, nos santinhos, panfletos, comícios, mas no segundo destes, o vazio de público não pôde ser disfarçado pelos minguados populares arrebanhados meio à força e o discurso de Donato era recheado demais de adjetivos inacessíveis, de modo que só se via aquelas caras rindo, nada compreendendo, interessadas unicamente em alguma garrafa de guaraná ou pão com mortadela que lhes seria dada no fim da lenga-lenga obscura. "Gentinha estúpida, estúpida", Donato dizia sempre, inconformado por depender da boa vontade de uns arrematados ignorantes, quase chorando, outra vez fazendo uso do ombro dele para lamuriar, o que sempre o deixava repulsivamente feminino.

Ele não tinha esperado outra coisa e seus prognósticos já haviam sido confirmados em boa parte pelo insucesso da festa de 12 de maio. Se Donato contava com a presença do político famoso para atrair Tozzis e Jordões, perdera tempo: o deputado federal desfilou pela festa povoada de rostos insignificantes, colaboradores solícitos e puxa-sacos sem expressão, espantado com o bufê caro e farto para quase ninguém, um astro sem platéia ou com uma platéia que nem mesmo entendia bem quem ele era. "Escuta, Rocha, isto aqui é mesmo o cu de mundo que eu estou achando? Pra quê tanto banquete?", ele ciciou aos ouvidos do anfitrião sem jeito, Siqueira perto demais para não ouvir mesmo sem querer. "Não, não, o potencial é enorme, acredite, eu não teria perdido meu tempo todo em vir pra cá se não tivesse..." — Donato não tinha tanta convicção do que falava para que o outro se tranquilizasse ou se sentisse menos vexado, o partido iria amesquinhar as verbas, ele começava a temer ser visto como um bufão, Romano não gostara dos ares do deputado e Érica aparecera brevemente, para cumprimentos, encarregando empregados do bufê e da casa para vigiarem a mesa e se afastando. Os olhares que Siqueira desejava e temia que trocassem haviam sido poucos, e ela conseguira disfarçar o interesse qualquer que tivesse com um sorriso mais formal, deixando-se fotografar no grupo de serviçais, colaboradores e curiosos que se formou naturalmente em torno de Donato e do deputado. Os fogos de artifício que foram disparados no quintal da sede da fazenda deviam ter sido os mais rebuscados e caros já vistos em Verdor e nem eles pareceram despertar a cidade de seu coma nem atrair senão um dos Tozzi, mas de importância menor, curioso para ver o que ali havia e ter o que contar às pessoas certas. Mesmo pífio, ele cuidou de estacionar seu carro bem longe da fazenda para, caso fosse necessário, desmentir que aparecera por lá. Na pior hipótese, haveria algo a beber ou a beliscar.

Érica passou por Siqueira em dado momento, quando, menos de dez horas, os convidados começaram a se retirar, cansados de esperar por alguma coisa que era certo que não aconteceria, e numa edícula empregados começaram a empilhar os inúteis engradados de cerveja. Olhou-o, e dessa vez ele sentiu o olhar como algo mais decisivo, quase como um pedido para que ele a seguisse até um determinado ponto, ao fundo de um corredor. Ficou imóvel, prosseguindo numa das conversas agora travadas com Donato para que ele não desabasse completamente com a decepção e que eram, devido ao artificialismo, cansativas e cheias de pausas em que os assuntos precisavam ser pescados com grande esforço. Precisava ter certeza de que não andava interpretando mal olhares dela que podiam ser inteiramente triviais e não esquecer da proximidade de Romano — impossível imaginar que o Rocha que estava ali, combalido e alheado por muitos copos, fosse notar uma saidinha sua, e Romano tinha que ficar ao seu lado. O deputado parecia tomado por certa hilaridade ao olhar para seu anfitrião — resignado com o insucesso, concluíra talvez que era melhor se divertir com um fiasco que afinal esqueceria no momento em que entrasse no helicóptero para alguma outra cidade.

Ninguém o esperava ao fundo do corredor. O que havia ali era uma porta entreaberta, que, caso ele interpretasse como um sinal positivo, poderia dar tanto em acolhida furtiva quanto numa cena assustadora. Aproximou-se devagar. Ouviu alguma coisa que, atrapalhada pelo som que ainda vinha das imensas caixas colocadas no salão decorado para a festa — tonitruantes sambas e pagodes que Donato achara que seriam adequados para a ocasião -, começou a lhe parecer um choro muito débil. Arriscou-se a empurrar um pouco a porta e ela estava lá, deitada de bruços, agarrada a um travesseiro, soltando suspiros, batendo os pés que descalçara dos sapatos de salto prateados que atirara sobre o tapete verde-escuro junto à cama. Ao seu lado, na cabeceira, sentava-se um velho que a olhava como se não a visse e ouvisse — com aquele olhar dirigido a nada, era certo que não vira nem a mais ínfima insinuação de sua chegada à porta tampouco. Muito magro, usava um pijama azul-claro quase branco que lembrava algum usado por doentes em hospitais e só fazia ressaltar sua magreza; ele lembrou-se, procurou imediatamente algum sinal do gato angorá, mas concluiu que a foto devia ser de muito tempo pelo próprio envelhecimento de quem, nela, já era bem velho, e não haveria mais animal algum na casa. Ele lhe pareceu talvez um completo desmemoriado. Cogitou que espécie de relação havia ali, entre pai e filha, e sentiu que eram duas criaturas ora mal toleradas ora claramente esmagadas, pelo choro de Érica, que subitamente ficou mais alto, e ela ergueu a cabeça: ia se erguer, olhar para trás. Recuou, puxando o pouco da porta que arriscara abrir com um cuidado alucinante para que não rangesse. Não queria ser visto por eles. Voltou pelo corredor pensativo, concluindo o que podia concluir.

Fosse o que fosse, era preciso odiar Donato Rocha, e para isso motivos não faltavam, mas tinha agora que odiar com mais força. Um velho doente e uma mulher frágil, que ele fizera deles? Com aquela vaidade, não era tão difícil imaginar.

23
Quintal de ausências

Sob uma lua que aparecera enorme, nítida e detalhada em sua topografia de extensões desoladas, ele caminhava no ladrilho do quintal, vendo no quintal vizinho velhas goiabeiras cujas folhas balançavam levemente ao vento frio de junho. O espaço que Atílio reservara para a sua horta era pequeno, racionalizado, o exato que necessitava para seus esforços em fazer nascerem belos pés de alface, almeirão, hortelã, erva cidreira, e até mesmo uma pitangueira já ia se formando; era seu refúgio, ali um regador, mais adiante uma mangueira, algumas ferramentas, e a simples visão de tudo isso o fazia lembrar sua condição de alheio ou parasitário na casa, pois raro prestava atenção às andanças e afazeres do padrasto. Vinha passando tanto tempo dentro daqueles limites que já nem mais sabia o que podia esperar se saísse para as ruas, punha em dia leituras de volumes muito citados e relia velhas revistas, predileções da avó Redenta, como se isso ajudasse a formular uma recusa mais profunda ao tempo presente; tão bom reencontrar fotografias de celebridades mortas, propagandas rosadas e pueris, o velho com o peixe às costas no rótulo de Emulsão Scott, as ilustrações de cachorrinhos e "tipos inesquecíveis" da Reader's Digest, os sorrisos de Ângela Maria e

Emilinha Borba na Revista do Rádio, coisas da mãe para as quais ela nunca mais olhara, ao que parecia, e que haviam ficado em aberto para ele. Creme C da Pond's. Sabonete Eucalol. César de Alencar. Carmélia Alves. Tudo anterior ao seu nascimento, tudo ignorado e sem préstimo para a atualidade.

Era ali que a extinta mangueira ficava, as mangas-espada que às vezes eram comidas com sal, apesar das advertências quanto às dores de barriga e o perigo de misturá-las com leite, ou iam se espalhando pelo chão de terra que cheirava a sombra, era de um marrom-rosado e parecia fecundo e imune a mudanças — chão uniforme que, no entanto, era violentamente erguido pelos ventos, se elevava em redemoinhos, em tardes de seca em que a "fogo pagô" cantava de ressoar até o fim do mundo.

Alguma vez teria visto Germano, de passagem, pisando naquelas folhas tenras que soltavam uma seiva de cheiro adstringente? Não, isso não era certo, nada era certo quanto àquelas perambulações dele pelo quintal, e agora nem mesmo o lugar da cadeira de plástico parecia-lhe claro, talvez houvesse ficado ali, onde se erguia um canteiro.

As folhas de mangueira estalavam e produziam seu leitinho sob os pés dele na procissão de São José, feita na rua do mesmo nome que o padre pedia que os fiéis forrassem e enfeitassem. As filas atravessavam-nas produzindo um ruído de arrastos e estalos, encompridando-se e avolumando-o, gemidos de folhas tenras entremeados por vozes que cantavam e pelas ladainhas do padre à frente, tendo logo atrás o andor do santo carregado sempre por homens. No entanto, ele perdera a mãe numa dessas procissões, de mãos dadas com ela e de repente não a viu mais, nem sinal de seu rosto, de seu vestido marrom de bolinhas brancas, de seu cheiro, no meio da turba, e lembrava-se de pernas, sapatos, folhas, folhas, folhas, pequeno diante de um mundo que se agigantava e engolia tudo que ele mais amava, tudo de que ele mais dependia, deixando-o à solta entre vozes e passos arrastados — todo um Desconhecido que nada tinha de sua mãe. Quando a encontrou, ou melhor, reconheceu a barra de seu vestido, suas pernas, e umas mãos se abaixaram com um grito também de angústia, acreditou ter desmaiado, porque a lembrança mais imediata foi de vê-la junto à sua testa, na cama, ajeitando seu cabelo e chorando.

Angústia de voltar para dentro, para não ver nem sentir mais a terra sepultada por ladrilhos. Correu. A mãe estava no quarto, pelos ruídos de seu ronco que escutou junto à porta. Sabia que ela estava lá, por que precisava dessa confirmação? Era como se nenhuma certeza fosse suficientemente forte para lhe garantir que ela não teria sumido outra vez, arbitrárias as presenças que nos cercam, nada sólido num mundo em que, de repente, não se vê mais tudo que mais importa e o chão se abre e o céu fica muito mais distante, nenhuma voz respondendo aos gritos sem tamanho que lançamos.

Atílio não aparecera nessa noite, na certa numa daquelas reuniões no banco, que se encompridavam, ou numa de suas viagens muito práticas e necessárias. Lina ultimamente subia muito devagar pela escada para o segundo andar, o dos quartos, e ele começara a notar a hesitação de seus passos, suas paradas em alguns degraus, pausas em que a imaginava encostada ao corrimão, recuperando fôlego. Atílio, para lhe agradar, comprara uma televisão maior, em que podia ver os filmes com uma dimensão mais satisfatória, mas que a fazia ter ainda mais saudade da tela do Veneza, ladeada por suas cortinas bordô. Ele pensara na providência numa noite em que ela sugerira, com a maior naturalidade do mundo, que fossem ao cinema, como em outros tempos, como se ele não estivesse fechado. Chamara a atenção para o seu esquecimento e ela se pusera a chorar. Nunca, nunca a televisão seria a mesma coisa, sua juventude, seus sonhos.

Decididamente apaziguado por ela estar ali, no quarto, em seu sono pesado e longo de que só vinha despertando lá pelas dez da manhã, cansado dessa exiguidade de quarto e quintal, Bruno pensou em sair. Onze horas, e seria possível reencontrar Siqueira na lanchonete. Um relance da última visão do rosto de Isa, quando estava à mercê das pisadas do garçom do Colônia, visão incompleta que o atormentara tanto nesses meses, parecia revelar, a cada momento, uma profundeza de preocupação, de significado, que ele queria crer que brotavam da realidade objetiva muito mais que de seus desejos. Ela sofrera muito, ela queria revê-lo, ela precisava saber como ele estava. Não a acharia mais na cidade? Duvidoso que Floriano Tozzi houvesse mudado seus hábitos pelo incômodo de um piolho como ele, não, o trio apareceria ainda. Noite dessas, teria que se aproximar da fazenda, saber alguma coisa mais precisa. Bastaria que só a visse, intacta. Viva estivesse, o homem não a interessaria. Tinha certeza que Floriano não era um rival em afeto e cama, que interessava só a Daisy, aos seus engenhos e planos.

24

Duelo no escuro

— Ouvi dizer que quase matou o cara.
— Não, exageraram nessa. Ruim de pontaria, duas balas, uma na coxa, outra perto do ombro, devia estar tremendo muito... — riu. Anésio estava contente por possuir informações mais precisas, colhidas entre policiais que às vezes paravam ali para conversar.
— Bichona. O rapaz era o comedor, ele devia ter ciúmes dele, como mulher tem de marido. Conheço bem essas histórias...
— Isso mesmo. Não saía daqui, o Bellini. A Dalva morre de pena dele. Não entendo essas coisas de mulher, pois o sujeito não virou quase um assassino? Mas não ficou detido muito tempo, a mãe tirou da delegacia, os meganhas me contaram aqui, morrendo de rir da história, o delegado é velho amigo do tio dele. E aquele Flávio, pensando bem, merecia ele sim ficar na cadeia uns tempos. Caloteiro, explorador.
— A mulher dele, aquela Sabina... Eu soube que dá para o patrão dela.
— Um puteiro completo, aquela casa...

As palavras lhe chegavam aos ouvidos com facilidade ali onde estava, numa parte trancada do banheiro da lanchonete do Anésio, a voz dele em geral muito alta, a do outro homem — não sabia quem — misturada a uns risinhos acanalhados. Bruno abriu a porta assim que os dois se foram e voltou à sua mesa, onde havia mais ou menos uma hora esperava por Siqueira. Que não demorou a surgir, com o óbvio nervosismo de quem soubera a notícia com a previsível autoridade e trazia o que contar. Pediu uma cerveja e dois copos, sentou-se.

— E essa agora?

— Eu fui lá, sei que você não iria. A mãe disse que processará o cara por chantagem e alegará que o filho tem problemas mentais, não é responsável pelo que faz. Afinal, o "Tranca" não morreu. Vai ficar um pouquinho no hospital, e só.

— Pois é. E com o dinheiro que os Bellini têm, não vai haver problema. Essa história vai acabar em nada.

— Ele está lá, rindo muito, rindo da mãe quando ela detalha o melodrama da chantagem, "coitado de meu Tavico", quando ele fala de tudo de horrível que soube de Flávio e da mulher, um sem-fim de fuxicos que chegaram até ela, soberba, na Vila Pinotti, tudo distorcido em favor de Otávio, bom rapaz, de família importante, imaginem... Ela rogou pragas sobre o casal várias vezes. Otávio deixará que ela tome a frente, claro: está abrigado nas mentiras de sua classe, sabe que a hipocrisia é tudo, que daqui a alguns tempos haverá quem o considere até um santo, ao menos da boca pra fora.

Siqueira engoliu bastante cerveja, olhou detidamente para ele, pareceu dar-se por satisfeito por não descobrir sinais visíveis de prostração. Mas não era certo que o reencontro significasse que voltariam a ser assíduos no Anésio e em outros bares ou lugares, sentia que um distanciamento de natureza obscura progredia entre ambos, Bruno engolindo tão mal a história de Érica quanto ele engolira a de Isa. Talvez Bruno o julgasse menos infeliz, com dinheiro e mulher rica em vista, e isso arruinasse a sua antiga cumplicidade. No entanto, era idiota, era patético: os dois casos tinham muita semelhança, e Siqueira às vezes ria quando resumia mentalmente: — "As duas princesas presas por seus carrascos num palácio-prisão de que as precisamos resgatar" — mas nada dizia, pois a impressão que vinha tendo era que o amigo perdia qualquer senso de humor quando o assunto era Isa. E era preciso compreendê-lo.

Revolvera a lembrança para encontrar coisas agradáveis para animá-lo um pouco e lembrou-se de que Otávio com frequência lhe perguntava dele, tendo ficado pensativo e triste com a história do pai desconhecido e da surra de um Tozzi. Era nesses momentos em que, meditando sobre o sofrimento alheio, para um ricaço ele demonstrava uma inesperada sensibilidade, que a Siqueira parecia distante de qualquer interesse sexual. Era surpreendente que aquela preocupação não se devesse aos olhos verdes do amigo. "Olha, não sei como, ele andou lendo algumas crônicas tuas lá no "Verdorense" e ficou bem impressionado. Creio que passou a te admirar e a tua história o deixa intrigado. Aliás, de uns tempos para cá, acho que começou a pôr os pés na cidade de uma maneira mais real". Bruno ficou ligeiramente orgulhoso, o que não chegou a diminuir sua tristeza.

O tiro lhe voltou à memória e Siqueira voltou a lembrar-se das imprecações de dona Carola e das virtudes do filho que ela foi enumerando, tão inconvicta que só mesmo exagerando pudesse tentar se convencer, e convencer a ele, um dos menos crédulos, da inocência absoluta de seu "menino":

— Mãe é um negócio demente, Otávio não tem um pingo de remorso, não quer nem saber. Disse que vinha rondando a casa do "Tranca" em horas mortas fazia tempo, esperando a hora em que ele chegasse mais desprotegido — bêbado, de preferência. O "Tranca" nunca mudou os hábitos depois de casado, continuou dormindo tarde. E Otávio me garantiu que tomou umas aulas de tiro numa cidade próxima. Foi à casa depois da meia-noite, "Tranca" chegava de alguma farra e o viu com um revólver apontado. Decidiu zombar dele, imagine uma bichona ameaçando um homem de verdade, deve ter pensado, e ficou balançando para cá e para lá, como se fosse um alvo impossível de acertar — riu. Otávio foi ficando mais furioso ainda. Ele queria... — desatou a rir, quase engasgando com a bebida. Respirou fundo, passou a mão pelo cabelo — Ele não queria matar o filho da puta, queria acertar no pau dele...

Bruno riu amarelo, balançando a cabeça, um pouco incrédulo.

— Estou que não posso de tanto rir, mas, quando penso na loucura disso tudo... — Siqueira instintivamente baixou a mão sobre a braguilha, protegendo-a com um risinho, e olhou para o lado, como se temesse que Anésio e Dalva estivessem muito atentos aos dois. Ao seu olhar, Anésio, que de fato os olhava, voltou-se para um pedido em papel espetado no balcão, Dalva virando um ovo na chapa aos fundos.

Bruno arriscou um riso um pouco mais largo: — Olha que castigo perfeito, se acertasse: privando o outro de seu meio de vida...

25
Por onde andará Ritinha?

Uma tarde fria, o céu tão cinza que cedo, menos de quatro da tarde, as lâmpadas de mercúrio estavam acesas e o vento fazia com que folhas secas na Praça Procópio Luz voassem por todos os lados à passagem dos redemoinhos, com um uivo um pouco surdo que parecia acentuar a desolação, certos golpes do ar fazendo com que pardais sobre um galho de ipê branco se encostassem uns nos outros, enregelados, encolhidos.

Bruno, enfiado em casa provavelmente, inacessível, estaria gostando: sempre amara os curtos invernos na cidade, amaldiçoando a feiura sem nobreza dos canaviais, das terras planas e dos pastos desolados, nos quais, na maior parte do tempo em vão, buscava uma beleza de quadros impressionistas setentrionais, repetindo uma frase de Jorge Luis Borges que apreciava: "Somos europeus no exílio. Mas Verdor nem pra ter um toque chique de exílio nos Trópicos parece prestar...".

Bem, o que ele via agora lhe parecia devidamente chique: olhava para as cores avermelhadas das folhas que caíam, com um leve estrépito melancólico, de algumas árvores meio despidas. Faltava apenas passar alguma mulher de casaco e gorro de peles, luvas e botas de salto alto, arrastando um poodle com casaco de tricô.

Mas a mulher que apareceu foi outra, muito real, sem cãozinho algum e usando agasalhos simples, embora elegantes: Érica. Ele a viu descer do carro, que viera dirigindo sem Romano, e encaminhar-se para o banco onde ele se sentara. Começou a tremer e cerrou os lábios — não deixaria que ela notasse. Ela disse um "oi" baixinho e, sem mais delongas, sentou-se ao seu lado; ele aspirou um perfume de alguma flor desconhecida. Agora que a descobrira tão sedutora, não parava de descobrir sinais encantadores em cada gesto, no pescoço, no cabelo preso na nuca, no vestido de um tecido cor-de-rosa pálido. Trêmulo, esperou que ela começasse a falar, olhando para todos os lados, como se temesse o aparecimento de Romano ou do próprio Donato. Ela sorriu, como que percebendo o receio. Acendeu um cigarro e lhe ofereceu outro.

— Eu precisava muito falar com você.

— Sim.

— E é melhor que fique só entre nós.

— Sim. — a ponto de transbordar, um abraço imaginado e contido o enervava terrivelmente. — O Donato...

— Que é?

— Eu sei, eu sei. Ele maltrata você, ele é um canalha, estou cansado de saber.

— Não, não é bem assim. Ele não se importa muito comigo, eu também não me importo muito com ele. Preciso saber de Ritinha.

Pasmo, empalidecido, ele ficou com o nome surpreendente ressoando na cabeça. Sua perplexidade demorou a se assentar, até que uma figura muito magra, melancólica, de cabelo curto e uma mesma calça jeans por muitas semanas, reapareceu na sua memória. "Ritinha Esqueleto", como a chamavam na "Boca da Morte", zombando da magreza que a tornava uma das menos procuradas. Como não se importava com problemas de esbeltez e gordura, teve com ela uma primeira noite não muito empolgante — um excesso de álcool não o deixava lembrar se gostara ou não. Mas, coisa insólita para o lugar, ela tinha boa conversa e parecia dona de uma instrução maior. Na verdade, gostava de conversar com ele, interessada em seus dons de escritor, em livros que ele poderia lhe recomendar. E de beber, muito, por vezes ultrapassando a cota dele, nada pequena. Confessara uma formação que era pouco mais que uma variação das muitas ali dentro confessadas: uma mãe morta, um pai estuprador que algum meganha matara, inconstância de cidades, pensões, motéis, convites para três, quatro sujeitos ao mesmo tempo, surras suportadas como possível, muitos calmantes e estimulantes, muito fumo e álcool, "na estrada" havia mais de quinze anos. Tudo foi dito entre risadas, não parecia disposta a achar que seu caso fosse peculiarmente digno de pena. Um tanto desleixada, poderia ser mais bonita se quisesse, mas parecia contentar-se em não ser das mais disputadas e talvez achasse isso até mesmo mais confortável.

Tentava imaginar onde Érica e ela teriam algo em comum, o que poderia ter acontecido, e sentiu-se diminuído, na posição de um mero informante que ignora o que dele espera e o que trama seu interlocutor. Pensar que Érica poderia achá-lo bonito, reparar na sua mudança para roupas melhores, agora lhe dava uma raiva profunda — não dela, mas de sua estúpida ingenuidade.

— Eu sei que ela gostava de conversar com você. Preciso saber por onde ela anda.

Deu-se conta que não encontrava a garota na "Boca da Morte" havia bom tempo. Não interrogara "Fogaréu" e as outras, sempre renovadas, a respeito dela, difícil fixar um daqueles rostos, daqueles corpos passageiros, a menos que um caso de paixão e exclusividade se instalasse e permanecesse, e ele fazia por não acreditar em amar e ser amado, preocupado com um despejo regular e prático de esperma. Ritinha, que para ele se distinguira pelo interesse por livros, passara como outras. Em que circunstâncias podia ter conhecido Érica, de modo algum imaginável circulando por aquelas imediações de cemitério e esgoto masculino, era um mistério. — Não sei — resumiu, cabisbaixo.

Não fez a pergunta, mas seu rosto devia estar dizendo com tanta clareza, mudamente, que gostaria de saber o motivo do interesse de Érica, que ela se pôs a falar, acendendo um cigarro após outro:

— Ficamos muito amigas. Eu a levei para casa várias vezes. Queria ajudá-la. Coitadinha, parecia tão perdida, tão frágil... — ele tentou lembrar-se desse extravio e dessa fragilidade, em vão. — Eu estava disposta a pagar uma escola para ela concluir os estudos, ficar com a gente. Dei muitas voltas por esta cidade procurando saber se estava ainda por aqui, mas minha impressão é que foi para algum outro lugar onde tivesse... amigas. As meninas do bar só puderam arriscar palpites, uma delas disse que vinha de Piracicaba, outra garantiu que rumou foi para São Paulo.

Filantropia, ele pensou, e lembrou-se que nada o enojava tanto quanto isso, ainda mais quando parecia encobrir algo de que ele começava a suspeitar, mas precisava aprofundar com outras confissões dela, se ela falasse mais. Ou era o que já supunha certo ou eram orgias a três, quatro, que Donato encomendasse? Sabia de passagens de Romano pela "Boca da Morte", onde se fizera detestado pela truculência, suscetível a qualquer coisa que suspeitasse zombeteira ou ofensiva e fácil de distribuir pancadas, além de exibicionista; de Donato não constava passagem alguma e agora lhe parecia claro que mulheres não o interessavam muito. Tentou imaginar o que aqueles dois eram na cama, se é que dividiam uma. Érica não falaria nada que ultrapassasse o seu interesse de momento e não o via senão como uma linha auxiliar para Ritinha, o que o agastava mais e mais.

— Lamento, mas acho que não posso ajudar muito.

— Tanto conversava com ela, deve tê-la ouvido falar de algum plano, algum lugar que ela preferisse, algum... homem (aí, a simples palavra parecia para ela envolver algo de que era preciso manter a mais fria distância). — Ela passou a mão pelos cabelos, fez um ligeiro bico, os olhos murchando, e murmurou quase involuntariamente: — Sinto muita falta...

Ele suspirou: — Se eu souber alguma coisa, informo, pode acreditar.

— Você sabe onde me encontrar. Também pode me telefonar no meio da noite. Vou aonde for preciso. A qualquer hora.

Ela se levantou, visivelmente frustrada, deu um sorriso forçado de despedida e enveredou por uma aleia, cabisbaixa, sumindo numa curva por trás de hibiscos amarelos. Parecia sentir muito frio. Não olhou para trás.

26

Os rios de Marineide

Era uma noite para Marineide, que coletara todos os poemas e crônicas que vinha escrevendo, aleatórios, nesses anos, num único volume impresso numa gráfica de R. O título, "Os rios secretos", impressionava, a capa — uma abstração em azuis que tanto sugeria água quanto nuvens ou nada — era de Piero, que assinava "Pedro Hoffmann", para fugir do nome do pai. O velho Corsetti escandaloso, bêbado e várias vezes visto mijando em plena rua sob um sol de meio-dia, as roupas fedendo, deixara de pintar qualquer coisa que fizesse sentido e sabia-se que Cida "Corvo" o mantinha na pensão um tanto por caridade e por ser difícil livrar-se dele — tanto o filho quanto Marineide torciam para que não aparecesse e empesteasse o salão, decorado pela floricultura que "Giselle" havia aberto recentemente com certo sucesso.

Quinze quadros recentes, na orientação ora geométrica ora abstrata que Marineide lhe apontara, conviviam com outros cinco que ela achara prudente ele pintasse também — paisagens bastante convencionais de ruas antigas de Verdor, calcadas em fotografias de coleções particulares, uma natureza morta com berinjelas e um tacho de cobre, uma paisagem de roça com direito ao infalível casebre ladeado por um ipê amarelo e bananeiras, porque ele precisava de dinheiro e as vendas, se houvesse, viriam daí. Um coquetel de vinho branco com torradinhas e patê de atum era servido. Muita gente, mas foram apenas umas dez pessoas as que haviam se animado a comprar o livro. Torcia-se o nariz para os quadros que nada diziam, "borrões-que-até-meu--filho-faria", e louvava-se a habilidade, "parece-uma-fotografia", com que "Hoffmann" pintara o casebre, as berinjelas e ruas antigas, tal como Marineide melancolicamente esperara. A pequena tiragem do livro teria que ser paga sofridamente, ela economizara muito para essa noite, Gaspar não quisera lhe soltar um real para a festa, e ela esperava em Planura poder vender melhor. Sentia-se mal com as mulheres rindo da pobreza de seu patê e de seu vinho. Não era de modo algum a festa por elas esperada — "por que será que essa gente que se mete com literatura sempre dá uma de pobre?"

Circulava um fotógrafo do "Nova Cidade", acompanhado por Siqueira, que estava achando necessário beber muito daquele vinho para tolerar as conversas que vinha ouvindo; ele vira Érica sozinha, nada de Donato ou Romano, aproximando--se de Marineide na mesa de autógrafos para um "parabéns" e um beijinho em cada face. Ela o tinha notado rapidamente, mas desviara o olhar, ocultando o perfil com o cabelo, e era melhor que não se aproximasse dele, para as perguntas inevitáveis. Andava se descuidando da aparência, não precisava mais tentar estupidamente ser um sedutor para ninguém, e agora quando a via, ficava cabisbaixo, não querendo olhá-la, não sabendo o que sentir, mas seu ressentimento não estava longe do ódio, ódio que o deixava ainda pior, pois nada o havia de fato autorizado a pensar que ela o quisesse; Bruno ao menos tivera Isa na cama, fora amado; Érica agora lhe parecia outro Donato, nada mais que outro rico confortável para quem o mando é natural e os caprichos pessoais contam mais que qualquer consideração pelos desejos alheios, e sua integridade pedia, implorava para que, com oportunidade ou não, se livrasse de ambos algum dia.

Na cama no "Boca da Morte", ao menos, era ainda um macho poderoso e útil. Tentava se livrar da imagem de Érica pairando num daqueles quartinhos, o escudo de um time de futebol convivendo com uma imagem repleta de brocados de Nossa Senhora de Aparecida, além de fotos de alguns galãs e heroínas de telenovelas, revistas de tevê sobre um criado-mudo onde se via também uma caixa de camisinhas e um rolo de papel higiênico, mas era uma imagem que se infiltrava, absurda, naqueles objetos, cantos, sujeiras, e ele se animava, parecendo que o sentimento traído o tornava mais homem, mas não eram dela os seios nos quais mamava nem dela a bunda, as coxas, o sexo folgado, pernas abertas para suas investidas — ultimamente, queria apenas a "Sueca", porque seus cabelos loiros e sua pele quase láctea o deixavam imediatamente pronto. Com isso, terminando, ambos satisfeitos (ela vinha até cobrando menos), era sempre possível conversar:

— Às vezes fico pensando em Ritinha.

— Ah, a desaparecida... — a "Sueca" não gostava que se falasse de outra mulher. — Não sei o que você viu nela.

— Bem, não fui eu quem viu.

— Que história é essa? — ela se pôs a pensar e pareceu, de repente, irritada por sua obtusidade, batendo na testa: — Bom, o jornal, o tal Donato, a mulher do Donato. Ela vinha aqui. Ela levou Ritinha muitas vezes no seu carro, lembro. É sua patroa, ora, que besta eu sou. Você está a serviço dela?

— Não estou a serviço de ninguém. Pega aqui — gostava que ela repetisse que não conhecia outro tão grande, tão grosso e eficaz. E o pior é que andava precisando acreditar nos assentimentos automáticos, profissionais, que ela fazia.

— Bom, não sei muito. "Chimbica" e Idalina sabem mais. Essas histórias de "sapatas", elas sabem todas. Vou chamar, estão lá na sala; vamos, se vista. — As mulheres entraram, rindo, e ele riu também, porque não tivera muito tempo de se trocar e não havia meio de baixar a ereção. Sentaram-se todos na cama.

"Chimbica" pediu um cigarro: — Não sei muita coisa não. Dona Érica passou muitas vezes aqui, levou Ritinha, e, depois que ela desapareceu, veio perguntar, mas ninguém sabe direito o que aconteceu. Foi embora sem dizer pra onde.

— Pra mim, estava com medo. — disse Idalina.
— De quem? — Siqueira se alarmou.
— Da Dona Érica mesmo, ué. Mulher muito estranha. Ritinha me contou algumas coisas que não achei muito claras, não sei se entendi bem. Pedia que se deitasse com ela sim, mas ficavam as duas só deitadas, nada de beijo, de sacanagem, era só um olhar para o teto, de mãos dadas, contando histórias do passado, do pai que ficou caduco, falando muito em morte, amor e morte, morrer juntas. Bom, cruz credo, ela até mandou uma vez pra cá um vaso de lírios e cravos-de-defunto pra Ritinha, até me benzi quando vi. — Ela estendeu o braço para que vissem como estava arrepiada. — Ritinha deve ter pensado bem. E aquele marido, aquele guarda que achava que tinha o maior pinto do mundo, sei lá o que quiseram com ela, também. No trivial não estavam interessados não.

— Então, pé na estrada... — murmurou Siqueira, pensativo.
— Foi o melhor que ela fez.

Estendeu o livro de Marineide Jordão para Bruno, segurando a página em que uma crônica se referia a ele com louvores hiperbólicos; o amigo olhou, deu um sorrisinho e balançou a cabeça, incrédulo: — Ela sempre foi exagerada comigo.

— Segundas intenções?
— Primeiras. Uma vez fechou a porta de seu quarto e me

abraçou com força, chamando Gaspar Jordão de bruto ignorante para baixo, e de impotente. Se eu não resistisse, me tiraria a roupa, queria me ver todo, eu pulando de lado, fugindo àquela boca. Apavorado, enojado. Esquisito aquilo, aquela pele gasta, aqueles seios despencados. E um perfume de dar ânsia de vômito. Depois, chorou, pediu desculpas. Eu fiz que não ouvi nada, que nada tinha acontecido.

— Acho que nunca foi bonita. Mas a gente esquece que as velhas e feias também têm fogo. Sempre que penso nisso, penso que a gente deve fazer o que puder por elas, ter compaixão.

— Isso é conversa de filme.
— Filme?
— Anthony Quinn, no "Zorba, o grego", diz isso sobre sua ligação com aquela prostituta idosa, Madame Hortense...
— É verdade.
— Piedade não é bom afrodisíaco.
— Boas só as Isas da vida, não?
— Não me fale disso agora. O trio apareceu lá?
— Não que eu tenha visto. Não fiquei muito tempo também... — e, ao dizer isso, fez uma carranca meio involuntária, pois, na memória, uma passagem fugaz de Érica conversando ora com Marineide ora com Piero, ao lado de uma das pinturas, talvez a única ali a poder conversar sobre geométricos e abstratos sem parecer completa afetação ignorante, o deixou enraivecido e inquieto. Bruno suspirou e olhou para os lados, vendo "Voçoroca" lançar um olhar esperançoso sobre os dois, já a língua de fora, e temendo que do portão aberto da lanchonete irrompessem "Giselle" e "Jurema" ou outros conhecidos que quisessem aumentar a mesa: sua disposição para ser sociável andava perto de nula. — E Érica?

— Não me fale disso agora — Siqueira deu um risinho triste. Ambos decidiram, em silêncio, que era noite para muitas cervejas e tudo mais que fosse desaconselhável.

27
Rotas de extravio

Das duas fotografias de Germano que Lina possuía, esta era a mais nítida, e ela a olhava enquanto não conseguia dormir, esperando que Atílio aparecesse. Em preto e branco, estava longe de mostrar o Germano que ela queria vivo, fosse como fosse, queria arrancar do papel, trazer sobre si, assombro de homem volumoso e terno, não se contentando com o impalpável. Era um impalpável de dar aflições, os anos a vinham desbotando, apenas aquele rosto, aquela barba, sorridente ao lado de outro violonista, encostados ambos numa Kombi meio escangalhada com a qual andaram excursionando por cidades cujos nomes estavam decididamente embaralhados em sua lembrança — bem que tentara dizê-los a Bruno, mas eram incongruências em portunhol, e a excursão era de um tempo tão remoto, de um Germano tão mais jovem, que o filho achara inútil investigar naquela direção.

Vez em quando a fotografia sumia. Enciumada, ela sabia onde encontrá-la: na gaveta do criado-mudo junto à cama de Bruno, porque era nela que ele podia ter a única ideia menos irreal do pai, mesmo que a considerasse sempre insatisfatória.

Aquele cenário, de onde? Havia montes ao fundo, talvez fossem serras mineiras ou catarinenses, talvez vagueassem os dois músicos por outros países e, por uns tempos, aflito pela informação que o dava "descido" para os países mais ao Sul, Bruno pesquisara departamentos do Uruguai, perdido entre Tacuarembó, Rivera, Maldonado, e imaginou-o parado no Rio Grande, em Uruguaiana, disposto a atravessar aquela ponte (mas não, não era a da fotografia) ou lá pelos confins da Patagônia que, por ser tão remota, talvez fosse o "lugar muito especial, *muy lejos*", em que ele se refugiaria, não pretendendo nunca mais de lá sair. Vagava por prados gelados, entre desolações que lhe davam a certeza de estar "longe do mundo insensato". Mais selvagem ainda, mais barbudo, agora grisalho, devia viver em alguma comunidade rural com alguma mulher afinada com suas ideias e talvez com outros filhos, os anos da vagabundagem hippie pelo Brasil parecendo-lhe só uma coisa de que precisava esquecer ou de que se lembraria esporádica e parcialmente, não se sentindo culpado por nada. Ao pensar que podia ter outros filhos, Bruno se sentia prostrado, dominado por um ciúme ilimitado e infrutífero.

Atílio não chegava, passava de meia-noite, essas suas demoras vinham se tornando frequentes e, embora a hipótese de ele ter outra mulher lhe ocorresse, não era coisa que a perturbasse muito: andava longe demais dos interesses dele, sentia-se almofadada numa espécie de mundo progressivamente alheio em que a gordura, as cervejas, a televisão, o baú e as voltas pela casa eram as notas dominantes; ficava lerda para entender o que de fato acontecia com o parceiro, e o que podia esperar de Bruno que não fosse desapontamento? Mas a demora de Atílio a inquietava, como se a presença dele fosse a garantia de que ela não morreria de algum ataque cardíaco no meio da noite, agora ou dentro em pouco, agora, não — disparava em tremores que precisava aplacar com calmantes, cervejas, o que fosse. Atílio ia se tornando só um vulto, mas providenciava chás, cuidava para que ela pegasse no sono, mesmo estando ele próprio estremunhado, e não a perturbava mais com aquelas ereções exigentes e inúteis que o faziam ir aliviar-se no banheiro no meio da noite. Melhor ela não escutar as descargas, seu nojo parecia não ter fim. Melhor o esgoto onde aquilo acabava do que o visgo em suas coxas.

Enfiou a fotografia no seio e empreendeu a descida, a cada dia mais difícil, da escada para a sala e a cozinha. Cada passo era um cálculo cuidadoso, uma adaptação lenta para seu corpo que parecia crescer e se ampliar como uma excrescência com vida própria que só a deixava humilhada e paralisada. A televisão, ela a deixara ligada e exibia alguma coisa agitada e sem som, talvez um daqueles inúmeros filmes de tiros, vinganças, explosões, em que os diálogos, se ela os quisesse ouvir, seriam mínimos. Embaixo, no primeiro degrau, parou para sentar-se, e acreditou ouvir um barulho lá fora. Atílio chegava. Era bom que a encontrasse sentada ali, inerme, e disposto a se comover com seu estado de desamparo; providenciaria para que ela tivesse o que quisesse, talvez agora sentindo um dever de expiação pelas culpas que lhe vinham nas roupas com cheiro de "Boca da Morte" e outros meandros aonde poderia ter ido para se aliviar. Bruno era menos piedoso: o desgosto de vê-la desse jeito o irritava e era comum que se trancasse no quarto, não permitindo que ela entrasse senão quando havia saído de casa, por vezes saindo pela janela, pegando a bicicleta que Atílio comprara para fazer exercícios (andava com medo da pressão alta, enfartes e AVCs entre amigos conhecidos faziam-no desejar perder peso) e saindo para passeios noturnos dos quais só retornava pela manhã, passando indiferente pela mesa posta do café.

Siqueira fizera mistério e o arrastara da lanchonete Damasco para a sua casa, bem distante, e iam conversando sob o vento e folhas estalando e voejando pelas calçadas, o friozinho de agosto a arrepiar-lhes os braços expostos, ele de vez em quando relanceando um olhar para o amigo e se sentindo irritado com aquele ar de grande novidade secreta que ele em vão procurava disfarçar falando de coisas que não lhe interessavam muito.

Uma delas era o fato de o "Nova Cidade" haver durado, até ali, cinco números pouco lidos, e já estar praticamente fechado, "Donato nem aparece mais lá. Ontem apenas passou para despachar não sei bem o quê, recebeu um telefonema às nove da noite e sumiu. Hoje ninguém apareceu e eu acabei saindo para ficar bestando pelas ruas".

Siqueira bem se lembrava que, nessas andanças num dia de folga que já era como um prenúncio de fim de emprego, vira Érica numa das ruas centrais olhando distraída para uma boutique e se escondera rapidamente num terreno baldio para não ser visto, para que ela não lhe perguntasse de novo sobre Ritinha. Assim como mal suportava ver Donato e ouvir suas ordens e lamúrias, ela se tornara detestável, por razões que lhe pareciam ainda mais ofensivas devido à obscuridade de seus interesses, parecendo-lhe claro que Ritinha simplesmente fugira de uma alguma situação particularmente inaceitável. Não sentia vontade alguma de contar a história a Bruno e, quando este fazia alguma alusão a Érica, esperando que ele falasse não sabia o quê, suas evasivas eram imediatas e inconvincentes; não deixava que o amigo se adiantasse, perguntava rapidamente sobre Isa, para ver uma expressão dolorida e incrédula se desenhar no rosto dele, clara demonstração de sua impotência e do desapontamento por não ter dela nenhuma comunicação clandestina, nenhum bilhete, nada; enfiava as mãos nos bolsos e chutava pedrinhas com raiva, pisando nas folhas secas com toda força possível e ameaçando os vira-latas que passavam por eles. Ninguém que soubesse e, afinal, quantas pessoas haviam de fato conhecido Isa? Na loja de Abigail e Jorge Prates, pela qual passara inúmeras vezes, nunca tivera coragem para entrar e perguntar alguma coisa diretamente às balconistas, algumas ainda as mesmas. A fazenda de Floriano ficava não tão longe, a uns quinze quilômetros da cidade, mais adiante da ponte extensa sobre o Paturi. Sempre arredio à vida na cidade, Floriano, agora com as duas mulheres, saía ainda menos, ninguém via o trio ou, se visse, não se chegava a saber. Talvez só fossem mesmo a R. para as compras e passeios. Esmagado pelas possibilidades aleatórias, esperando ainda algum sinal que ela desse por um meio que não podia imaginar, ele deveria mesmo era esquecê-la completamente, mas como?

— Porra, vai logo dizendo o que é...
— Pietro passou por aqui, trouxe um fumo ótimo. Deixou uns discos e vídeos. — Siqueira, disse, abrindo-lhe o portão e espantando uma pequena coruja sobre o muro; era uma casa de exígua vizinhança, dando para áreas que progressivamente iam se tornando chácaras e sítios, o asfalto chegando até à porta dele, o resto um caminho de terra por onde ainda passavam bois. — Você nem imagina... — ele girou a chave da porta da frente, que retirou de um vaso de copos-de-leite na varanda. — ... as coisas que se pode descobrir...
— Você é um filho da puta irritante.

Siqueira riu e fez com que Bruno se sentasse numa das almofadas no chão da sala, diante da televisão; depois, foi aos fundos e voltou com uma pequena pilha de vídeos e a garrafa de cachaça. Pôs os vídeos sobre uma cristaleira e serviu-se, servindo-o também, nuns pequenos copos que tirara do móvel. — Vi e demorei a acreditar.

Ligou o aparelho, enfiou a fita e ficou lutando para chegar aonde queria no *forward*. Passou-a para ele, que na lombada leu "latino-americanos" em letra descuidada. Ficou olhando fixamente para o aparelho, até que emergisse uma cena clara, com créditos que diziam *Hijos Del Sol*. Sentou-se junto a Bruno, esticando bem as pernas. Cheirou com prazer a cachaça, mas Bruno nem havia tocado em seu copo.

Uma tomada aérea mostrava em campo aberto, na proximidade de um córrego, ao fundo uma serrania azulada, cinco músicos dando início a uma canção lenta, e a câmera se aproximou. Cada instrumentista ia sendo filmado em closes sucessivos, com os respectivos nomes em legendas embaixo, mantidas bem visíveis durante a execução. Dois violões, uma flauta, um tambor de espécie desconhecida, um inesperado violino. Ele seguiu o conjunto, não demonstrando muito interesse por F. Morales, Hector M., Caco Ramirez, J.L Rubia. Mas um violão estava nas mãos de um dado "G. Grano", ele o executava com certo automatismo distante, e Siqueira, cheio de si, parou a fita.

Bruno ficou em pé, olhos arregalados, vendo o inequívoco pai em todos os seus detalhes, embora a barba e o cabelo tivessem agora infalíveis fios brancos e o rosto fosse um pouco apagado. — Onde? Como? Em que lugar isso foi filmado? — Jogou-se para diante, como se quisesse arranhar a tela, tirando o pai dali, todo para si. Correu apanhar a caixa do vídeo, sem capa, para nada saber sobre as filmagens, locações, apenas uma lista de nomes de canções, entre elas a já insuportável *El condor pasa*. — Você me dá isso? me dá isso, por favor?

— Calma. Não fui até o fim, pode ter créditos lá, alguma explicação das gravações.

O que havia eram nomes de todos os conjuntos exibidos e das canções, nenhuma indicação dos locais específicos, apenas dos muitos países — Peru, Equador, Argentina, Venezuela, Chile, Paraguai, Uruguai, sem dizer de quais deles os conjuntos provinham — só mesmo um produtor era identificado como sendo de Montevidéo e a realização de 1994. Bruno pediu para que ele voltasse a fita e ali parasse inúmeras vezes. Não ouviu a voz do pai, perdida no coro masculino de parceiros todos latino-americanos, remota a possibilidade de que aquele conjunto fosse conhecido em território brasileiro.

— Um riozinho, aquelas serras...

— Pode ser qualquer lugar.

— Qualquer lugar... — Bruno repetiu para si, baixinho, a garganta seca. Agora, era preciso virar o copo todo de cachaça, o que fez, fazendo com que Siqueira desse uma risadinha. Ficou irritado com a leviandade com que ele tratava esse assunto para si tão sério, parou a fita, rebobinou-a e segurou-a como um anúncio categórico de que a levaria consigo reagisse ele como reagisse.

— Sem problemas, pode levar. Pietro não vai se importar mesmo, e o importante para mim era que você visse, soubesse.

Bruno nada mais disse, precipitando-se para a porta aberta e, sem mesmo acenar para trás, correu para o portão. Siqueira fechou a porta devagar, não sem antes enxotar novamente a coruja que voltara para a mesma coluna no muro — qualquer ave noturna lhe dava calafrios. A figura do amigo foi se diminuindo na rua. Talvez ele tivesse pressa de exibir o vídeo para a mãe, ou talvez não: provavelmente o esconderia e teria agora mais um cenário obsessivo a acrescentar àquela insondável ponte.

28

Isa à beira d'água

Ainda estava escuro quando apanhou a bicicleta junto ao fusca de Atílio e dois ou três galos em pontos diferentes expandiam a amplidão da manhã com cantos que pareciam prometer lonjuras felizes, sentindo as pernas fortes, a alegria de estar vivo, o vigor do sexo, a satisfação de uma brisa, ainda que fria, no rosto, e a perspectiva de que a estrada, a essa hora, estivesse livre da poeira dos caminhões repletos de cana da usina dos Jordão, dois "jotas" entrelaçados numa placa cromada enorme à frente de uma guarita e muitos carros estacionados junto a silos prateados; o cheiro azedo de restilo empesteava um bom trecho do caminho.

Passou por plantações de seringueira, por trechos de mandiocais, bananeiras, laranjais e uma profusão de eucaliptos que iam abatendo outras espécies possíveis pelo interesse da extração e venda de madeira. Ainda em barrancos, a pontos sucessivos ou a intervalos, flores do cipó de São João, aquelas que lhe davam um melzinho para chupar quando menino, se esparramavam, parecendo mais profusas e vívidas que em outros anos. A falta de chuva tornara as estradas mais áridas e doía ver árvores num tom amarronzado que denunciava esses meses de seca; passou a mão pelos lábios ressecados, sentiu necessidade de parar várias vezes para beber de seu cantil. Lembrava-se um pouco dessa estrada, a que viera algumas vezes em idas de Atílio a sítios e fazendas — uma velha capelinha, cheia de santos quebrados e velas apagadas, sagrava alguém que havia morrido em algum acidente naquela altura, anuns brancos e pretos pousavam nas cercas baixas de arame farpado e ele ainda avistou um gavião vigiando, do alto de uma árvore seca, algum roedor que se movia lá embaixo. Um ipê ora roxo ora amarelo, abusando da intensidade da cor, não tinha como não se destacar quase despudoradamente entre a vegetação desbotada.

Não demorou para que uma baixada considerável o levasse até à ponte sobre o Paturi e ao mato fechado que o cercava. Um barco de pescadores ou ociosos passava lá na frente, pequenas andorinhas davam seus voos sob a ponte e ele parou para sentir o fluir das águas largas, seu frescor todo, seu murmúrio tranquilizador, respirando fundo.

Olhou para diante — não tardaria a chegar à fazenda de Floriano Tozzi e tinha um pouco de medo. Mas a noite anterior, em que fora ou não abençoado pelo reencontro do pai no vídeo, lhe dera uma súbita vontade de gestos novos, ousados, em direção a não sabia bem o quê. Sabia que não poderia avistar Isa a uma boa distância, na melhor hipótese, postando-se em algum esconderijo que o protegesse dos olhares vigilantes ou de cães muito bravos.

Quando se viu diante da porteira, depois de um trajeto em que foi diminuindo de velocidade e, precavido, descendo para apenas empurrar a bicicleta e ir ponderando, observando a topografia e as possibilidades dos campos, arvoredos e pastos ao redor, estremeceu um pouco, sentando-se num barranco. Um arco de madeira a guisa de portal trazia pintado o "Fazenda Ametista" e ele pensou que esta devia ser a pedra preciosa favorita de Floriano ou de sua primeira mulher, de quem era viúvo. A entrada era ladeada de coqueiros lá longe, depois de um considerável declive, e então se erguia um casarão branco, de janelas de um azul bem escuro, os telhados alaranjados, árvores frondosas, mangueiras, amoreiras ou outras espécies, rodeando-o; figuras esparsas, homens trabalhando, um, dois tratores, apontavam de vez em quando no campo, e era visível a água prateada de um açude nada pequeno.

Ainda teria agilidade para subir numa árvore alta? Dali de uma delas, se pudesse se esgueirar até certa proximidade do casarão sem absolutamente ser visto, veria um pouco mais, talvez até mesmo fosse premiado com uma cena mais íntima assim que alguma daquelas janelas se abrisse. Dormiam, na certa. Imaginou que Floriano roncava e que Isa, sempre desanimada mas já resignada a uma vida muito diferente daquela que teria ao seu lado, não suportava seu corpo de velho, suas investidas, o hálito, os fedores noturnos. Quanto a Nancy, tudo que podia imaginar a pintava como megera indiferente à sorte da prima e vigilante quanto à sua condição de prisioneira favorita de Floriano.

A árvore escolhida podia escondê-lo bem entre seus galhos e a folhagem densa. Subiu com dificuldade, voltando várias vezes ao chão devido ao liso do tronco. Mas algumas reentrâncias o ajudaram e se acreditou satisfatoriamente instalado num galho mais alto quando concluiu que dali a casa e algumas de suas dependências eram bem visíveis, lá um barracão para veículos e ferramentas vivamente pintado de verde-claro e alaranjado, um mangueirão, pés de uma árvore de flores vermelhas que talvez, até onde soubera por vagos aprendizados de botânica leiga, fosse uma grevílea, e sons rouquenhos de aves em viveiros. Na certa haveria por ali um casal de pavões. Num cercado de alambrado mais além, três cães negros altos e amedrontadores soltavam seus latidos, mas na certa eram liberados para vigiar a entrada de coqueiros e as cercanias apenas à noite. A figura longilínea de Floriano apareceu subitamente, fazendo-o sobressaltado, e se dirigiu para o alambrado para afagá-los, dar-lhe ordens, o que fosse. A seguir, espreguiçando-se, foi Nancy que se juntou a ele, abraçando-o pela cintura. Ansioso, coração querendo arrebentar, esperou que logo viesse Isa. Mas ela não apareceu. E aquilo que Nancy e Floriano pudessem conversar ou fazer não lhe interessava, seus olhos procuravam outra coisa, uma janela entreaberta, um vidro transparente de cozinha, uma passagem de um vulto muito querido. Mas nada pôde ver. Os cães, decididamente, estavam latindo mais, talvez houvessem farejado o desconhecido mesmo longe, latiam para os lados da árvore em que se abrigava e ele temia que a qualquer momento Floriano e Nancy decidissem soltá-los.

Muito mais tarde, depois de passar por uma espécie de torpor entre folhas, com o sol que ia esquentando cada vez mais, vislumbrou uma figura feminina se aproximando do açude a uns bons quinhentos metros do casarão. Ia por um caminho estreito, e agora, do que ele podia ver no emaranhado de arbustos, tralhas, trepadeiras, coberturas, se sentava num banquinho. Era Isa, contemplando o prateado da água que ele não podia tocar.

Não podia acenar para ela. Apenas sentia, ou imaginava, que ela tinha esse lugar como hábito, a contemplação solitária talvez fosse sua única fuga possível. Instintivamente, seu braço se estendeu para tocar imaginariamente as costas que não poderiam nem mesmo acusar o roçar imperceptível de alguém inimaginável ao redor, quanto mais em cima de uma árvore, e consciente da sua presença.

Ela caminhou ao longo do açude por uns minutos, olhou distraidamente para longe, a mão na testa num sinal de tentativa de avistar algo no horizonte, e depois, desaparecendo, na certa retornara para dentro do casarão pelo caminho que lhe era quase totalmente invisível. Temeu por esse namoro com a água e com distâncias inexistentes, pensou-a Ofélia, pensou-a disposta a qualquer coisa para deixar uma vida que lhe fora imposta. Devia ter saudade dele, devia, e estremeceu a ponto de quase perder o agarro ao galho e cair. A gaiola que lhe fora oferecida era exígua; ainda que a fazenda não fosse pequena, ela agonizava, seus passos não podiam ser outros, milhares de voltinhas ineficazes, viciosas, em torno de um ponto fatídico de cuja lógica não podia escapar.

Estúpido ficar ali, mas ficou, à espera que ela aparecesse novamente, e mais perto. Tudo que conseguiu foi, mais tarde, ver Floriano apanhar a caminhonete no barracão, seguido por latidos e conversas, e esperar que ela e Nancy subissem para a cabine. Saíram os três pela estrada dos coqueirais, na carroceria caixotes e engradados, deixando-lhe um tanto de poeira para engolir. Ele tinha, por prudência, ocultado a bicicleta junto ao que parecia um espinheiro de muitos galhos entrelaçados, longe do barranco ao lado da porteira. Voltou para apanhá-la, pensando em talvez retornar num outro dia para, com spray, pintar um palavrão para Floriano no arco onde havia espaço para pichações. Mas, de que adiantaria? — ademais, a briga à porta do restaurante o tornaria o suspeito número um. Passou a mão pelo cabelo, apanhou uma florzinha do cipó de São João e chupou lentamente sua doçura, os olhos fechados. Depois, aprumou a bicicleta e retornou à cidade sem pressa, mas cozido em desespero lento, convicto de que sua vida precisava ser outra.

29
Tateando mapas

Tão previsível era a vitória de Alfeu Jordão que a cidade não pareceu nem mesmo se modificar para um domingo de alacridade, rojões, carreatas, comícios com duplas sertanejas, como em outros anos. Tudo transcorreu pacificamente: Severo Tozzi saíra candidato sem pensar em nada que fosse triunfo, quase que como uma obrigação da rotina automática de as famílias se defrontarem nas urnas a cada pleito, de modo que Cirilo Bortolotto já tinha o cabeçalho do "Verdorense" pronto para aquele dia e mal se falou da súbita desaparição do candidato Donato Rocha, não localizado em parte alguma; para a segunda-feira, Érica simplesmente dispusera um aviso de fechamento do jornal à frente da casa por onde Siqueira e outros ainda passaram algumas vezes, naqueles dias incertos, esperando algum pagamento pendente, algum esclarecimento; ela própria fizera telefonemas avisando cada um dos colaboradores para que fossem até à residência do casal fazer os acertos possíveis, "merrecas desses ricaços escrotos", como saiu vociferando um deles. Com Siqueira o tratamento foi um tanto mais lento, como se ela esperasse que ele dissesse mais coisas no silêncio prolongado enquanto ela revirava papéis e fazia somas numa calculadora. Ele achou que era um dever de amabilidade, um assunto para romper aquele silêncio que a embaraçava mais que a ele, perguntar de Donato.

— Faz vinte dias não dá notícia. A polícia não me informa nada. Vasculham as matas, os canaviais, por aí. Romano não aparece também. — A expressão não era de tristeza exatamente, parecia mais de cansaço, como se Donato houvesse significado sempre contrariedade e lhe pesasse o hábito da resignação indefinida. — Estava recebendo umas ligações muito insistentes, não me dizia nada. Nem eu ia perguntar, que nunca soube direito o que lhe passava pela cabeça nem ele era de me dar satisfações. Não sei por que se meteu nessa eleição, não sei por que quis fazer esse jornaleco. — Ele teve um esgar ressentido ao ouvir isso, mas esperou que ela não houvesse notado; de algum modo, sua influência era mais ativa que a de Donato lá dentro, era ele quem sabia escrever, distribuir ordens, corrigir besteiras impenitentes. Não queria mais uma vez vê-la tão desdenhosa de méritos que ele sabia ter.

— Vamos embora daqui...
— Sim?
— Eu e meu pai.
— Mesmo que ele volte?
— Já não importa agora. Nada aqui deu certo. — Olhou-o com uma meia interrogação significativa. Mas não perguntou de Ritinha, ele contou cédulas fazendo por ignorar a expectativa silenciosa e nada mais foi dito.

A rua, o ar aberto, as árvores, lhe pareceram um alívio fora do comum. O dinheiro que lhe deviam era realmente pouco, economizaria algo e a maior parte gastaria no Anésio e no Damasco, caso para convidar Bruno, Pietro e quem mais quisesse, gastaria também com a "Sueca", que lhe despertava cuidados meio paternais exatamente por não lhe pedir nada e dizer que não havia entre os frequentadores do "Boca da Morte" homem como ele. Melhor alguma mentira consoladora que o gelo indevassável de Érica.

À tarde, jogado na cama, de cueca, se esforçava por ignorar o calor lendo uma revista masculina com uma multiplicidade de atrativos, tendo uma ereção após outra, quando atendeu um telefonema e a voz o surpreendeu: Alfeu Jordão. Precisava muito conversar com ele, assunto? — vamos dizer que jornalismo, se iria à sua casa à noite; sim, depois de passar pelo Anésio ou pelo Damasco e beber bastante, porque enfrentar o novo prefeito sem saber o que queria dele não era simples; seu sim foi carregado de reticências, mas do outro lado da linha ouviu um murmúrio de satisfação, guardou a hora marcada. Masturbou-se duas vezes até que a noite chegasse e a cansativa igreja matriz pusesse no ar uma difusa e invasora "Ave Maria" de Schubert com um tenor italiano cuja voz, lembrava-se, provocava em sua tia lágrimas mal disfarçadas.

Tinha a certeza de que sua lembrança de Isa passaria agora a ser, e para todo o sempre, esta: uma mulher solitária, braços cruzados, cabisbaixa diante de uma extensão de água prateada sobre a qual passaria, quase imperceptível, uma garça branca que ela mal notaria, o pensamento nas águas. Estava prostrado, e, pela madrugada, sem que a mãe o visse, desceu para ficar olhando o vídeo dos *Hijos Del Sol* sem som, a imagem do pai congelada num ângulo que não deixava dúvidas sobre sua identidade, a boca aberta para cantar aquelas coisas de "fraternidade latino-americana" nas quais era possível acreditar tanto quanto se acredita em contos de fadas, a mão em posição no violão.

Era dele que precisava: encontrando-o, abraçando-o e depois se afastando para olhá-lo todo, saberia quem era ele mesmo sendo por completo seu filho reconhecido, avaliando o que herdara, podendo dizer de sua admiração e raiva profundamente ressentida com a certeza de ser plenamente compreendido pelo olhar negro que nele também estaria fixado, a barba negra, o sorriso imaculadamente bonito. Perguntaria como curar-se da horrível falta de Isa e ele responderia que haveria outras, que a vida se cumpria assim, dor após dor e, no meio disso, felicidades possíveis; um homem tem que se experimentar, viver seus erros. "Sim, mas como não morrer de algum deles?"; "Isso não posso responder".

Era uma dessas noites que não passavam, não queriam passar, e ele demorava a dormir. Portanto, levantou-se várias vezes, e numa delas fuçou em sua estante à procura de um livro de Geografia de seus tempos colegiais. Trazia mapas de muitas partes do mundo e ele repetiu o gesto que era habitual e, ainda que infrutífero, irresistível: ficou vagueando com o indicador esses pontos, nomes, acidentes geográficos dos quais não podia saber nada, mas que lhe diziam muito à imaginação, entre Chile, Argentina, Uruguai e Rio Grande do Sul. O pai erguera seu país clandestino e esquivo num desses territórios oficiais, alguma intuição teria que lhe dizer com precisão onde este ficava, haveria bosques cerrados, montanhas de um azul intenso, riachos de prata ofuscante, um pouco do que lhe ficara na memória das descrições da região do Chile onde Neruda nasceu e viveu menino, postas em "Confesso que vivi" Mas, Chile? — era improvável. A Patagônia, aquela ponte, a Argentina e o Uruguai, estas eram as direções para as quais sua intuição apontava com mais força, mas sendo tudo não mais que um mar de acasos e especulações, acabava irritado e triste. "Qualquer lugar", todos os lugares, nenhum. Mas ele enfrentaria essa vasta incógnita, teria que se arriscar nesse tempo em que caronas eram mais difíceis, devido ao mundo bem mais hostil e cauteloso, descer, como o pai "descera", por esse mapa que o levaria até à ponta do sul do país, de um modo ou de outro.

Na manhã, chegando silenciosamente à cozinha, ouviu uns fragmentos de uma conversa que tinha aquele tom alarmante, obscuramente fácil de farejar, da notícia ruim, mas inevitavelmente sensacional. Lina calou-se ao vê-lo, mas Atílio lançou-lhe um olhar de curiosidade: — Aquele teu amigo, o do jornal.

— Siqueira. Que diabos aconteceu com ele? — agora era todo seu o alarme.

— Não, nada não. Mas ele deve saber alguma coisa.

— Alguma coisa de quê?

— Do patrão, o tal Donato, o que queria ser prefeito. Acharam o carro dele. Com roupas dele e do guarda-costas e manchas de sangue pra todo lado. Lá perto da mata dos Penedo... — ele disse, baixinho, sem mencionar o inevitável comentário que já ouvira no Bar do Padre, onde estivera tomando uma lata de cerveja na noite anterior: "Tá desaparecido. Ainda vão achar um cadáver pelado por aí..." — se dizia, entre risadas.

Mata dos Penedo? Lina se pôs a lembrar, mas sem dizer nada: pouca gente entrava lá, na mata cerrada, com clareiras de ásperas quiçaças, sem autorização, devido à má fama: a assombração de Albano Penedo, proprietário daquelas terras todas no início do século, aparecia para o invasor e tocava ao sujeito apanhar sem ver de onde vinha a chicotada, pior ainda ouvir tiros no ermo infindável de árvores espessas e ouvir guinchos e ganidos de animais sendo mortos; Albano fora um caçador e ainda perseguia os bichos; para outros, era um guardião deles e assustava os caçadores que se atrevessem a caçar em seus domínios. Fora em vida um sujeito incomparavelmente ruim, viúvo de cinco mulheres, duas morrendo de parto, três talvez de tantas surras, e um bando de filhos, todos homens e propensos a excessos de violência, só não nascendo entre eles um lobisomem porque não completavam o número sete.

— Compadre, sei tanto quanto você. Sempre recebia telefonemas de gente que ninguém podia imaginar quem era lá dentro, mas esse último foi mesmo de deixá-lo furioso. Dava a impressão de que carregara Romano com ele para irem matar alguém, não para serem mortos, se foram. Acho que nunca vão achar esses corpos. Pelados, nem quero imaginar... — Siqueira decidiu que precisava de algo mais forte que cerveja e pediu uma cachaça da região para Dalva, que sorria para ele e Bruno, esperando o pedido.

— Algum inimigo daqui de Verdor mesmo... Não pensa nisso?

— Não acho que tivesse inimigos por aqui, por mais barulho que quisesse fazer. Tinha um longo passado, pelo jeito, e a única coisa que nele assombrava era mesmo a vaidade.

— E a mulher?

Siqueira pensou e repensou, cabisbaixo: — Sabe Deus... Mas acho que não vai sentir muita falta dele. — Anésio, interessado na conversa desde longe e não podendo se conter, foi se aproximando. Informava sobre o movimento policial na mata, alguns dos homens se benzendo para entrar, outros não entrando de modo algum, e fazia suas especulações: — Vingança da braba. Vieram lá de Brasília e levaram pra capar. Os dois... — Não pareceu gostar do ar de incredulidade de ambos e continuou, um pouco contrariado: — Tem caminhão de mudança lá em frente à casa, Dalva soube que a mulher vai para outro estado.

Dalva soubera disso e um pouco mais, mas como confiar em conversas de empregadas, uma delas antiga amiga sua? — essa Benilda lhe explicara que o dinheiro todo vinha do "velho", que Donato não tinha nada e sempre vivera à custa da mulher e do sogro, "ali era só farol". Siqueira pensou que mais tarde gostaria de aprofundar a conversa com Benilda, embora a sua com Alfeu Jordão, que o deixara prostrado, já houvesse corroborado parte do que ela ouvira.

Reviu Alfeu à sua frente, à ponta de uma mesa em que várias marcas de vinho eram oferecidas, além de baguetes, frutas da estação, queijos e presunto espanhol. Uma taça alta, quase invisível de tão fina, fora posta diante dele, mas era melhor parar de pensar naquilo.

O silêncio se encompridou com o afastamento de Anésio e só se ouviu Bruno de vez em quando empurrando o prato de quadradinhos de provolone e tamborilando na mesa, tentando nervosamente se distrair, ou Siqueira estalando a cachaça na língua. Os fatos, ditos e não ditos, pareciam pesar demais sobre eles, e, quando Bruno decidiu ser o primeiro a falar, perguntou de Otávio, como se isso importasse. Siqueira suspirou de alívio pelo assunto surgido e lembrou-se:

— Dona Carola arranjou que fosse pra um hospital psiquiátrico lá em R. E ele passeia por aí. Não vai acontecer nada, réu primário, todo mundo a seu favor. Isso se ainda não arranjarem um modo de prender o "Tranca", com a fama que o danado tem. Dizem que a mulher o largou. O Anésio ali deve saber tudo sobre isso. Otávio esteve aqui noite dessas, conversando com ele, e dizem que foi uma risada atrás de outra. É curioso, ele ficou um autêntico palhaço, ultimamente. Gosta de se ridicularizar. Só assim pra ser aceito por um bronco como o Anésio. Talvez tenha decidido tornar sua baixa autoestima a única forma viável de sobreviver em Verdor.

— Ele se libertou do sujeito, de qualquer modo.

— O que me contou foi que se divertiu muito no tal hospital, uma fundação espírita; disse que nunca ouviu tanta pieguice sobre o homossexualismo, tanta ignorância, gente afirmando até a identidade em outra reencarnação da mulher que ele trazia em seu corpo como se este não fosse suficientemente masculino e ativo sempre que necessário, como se só mulheres pudessem desejar homens, e até chegou a "fazer" com um enfermeiro que de espiritual não tinha nada. Agora, tem achado garotos mais disponíveis, fazendo de tudo, direito a beijos na boca e troca--troca, e nem custando muito, "qualquer cigarrinho de maconha ou hambúrguer desses carrinhos ordinários de lanche, já vão topando...". Ficou mais cínico, mais pragmático, disse que se apaixonar, nunca mais, que é "pegar ou largar", a putaria é a única saída". — ele riu e Bruno concluiu que qualquer pena que sentisse por Otávio seria presunção. Siqueira levantou-se para ir ao banheiro e demorou-se tentando vomitar, empurrar Donato e Romano nus e mortos e Alfeu com sua proposta vaso sanitário abaixo. Não conseguiu. Ao voltar, não encontrou mais Bruno à mesa, mas Anésio lhe fez um aceno e ele se aproximou: — Disse pra você ligar amanhã.

    Não havia mais por que ficar. Era muito tarde, mas uma boa caminhada até a "Boca da Morte" poderia reanimá-lo, dissipar--lhe os pensamentos. Depois, a "Sueca" sempre estaria disponível, dispensando o freguês com que estivesse para recebê-lo.

30
Dádivas do estrume

A manhã de novembro trazia aquele sol de inferno incontornável que massacrava ânimos nas primaveras. Como há muitos anos não vinha fazendo, Lina pedira a Atílio que a levasse, dessa vez, ao cemitério para rezar junto aos túmulos de "Seu" Bruno e Dona Redenta, exigindo — na contrição desajeitada com que ousava exigir algo do filho — que Bruno também fosse, para ouvi-lo inevitavelmente dizer não e voltar a dormir. Na cama, ele lembrou-se da avenida movimentada em que pedestres verdorenses subiam sob aquele sol para o que popularmente era chamado de "Festa da Melancia", barracas de melancia nas calçadas, num cruzeiro à entrada do cemitério o calor das muitas velas queimando, ah, flores de plástico, ah, lágrimas automáticas, ah, merda de vida, os anjos, os profetas, fotografias de finados que nem sempre valia lembrar, os jazigos imponentes demais dos ricos, ah, merda de vida, ah, melancias fatiadas, ah, velas, ah, carros do ano estacionando para que os próceres descessem, faltando só tapete vermelho estendido até o túmulo para onde iriam fingir que rezavam, ah merda de vida sempre repetida, infindável.

Padecia com longo tempo na cama, com o calor que não lhe dava descanso, com a sensualidade desesperada ao sonhar que possuía Isa de novo, ela se contendo para não gritar de prazer e acordar vizinhos; acabava por ejacular espontaneamente, maldizendo a mancha que a mãe descobriria no lençol. De novo olhava para o mapa, fechava os olhos para que a intuição levasse seu indicador para o país certo e o ponto exato desse país onde Germano se abrigava. Desceu para uma vasculhada rápida na geladeira e, apanhando um pote de requeijão e um pedaço de pão, foi para a sala. Na mesa de centro, jornais. Na capa de um deles, atrasado, a fotografia de Alfeu Jordão ao lado da urna eletrônica inaugurada com não pouca pompa e não sem trovoada de rojões a desesperar todos os cães de Verdor. Pensou em um Severo Tozzi indiferente e um Donato que, mais que vencido, se decompunha sob o sol, talvez ao lado de um Romano capado e estraçalhado em algum canto para sempre desconhecido da mata municipal.

Isso o levou a sair à janela, como que para se reinterar dessa realidade abjeta chamada Verdor, para desprezá-la com força renovada, e viu que começava a chover. Uma benção para a secura que os atormentava havia meses a chuva que foi aumentando, alternando-se curiosamente com zonas de sol e a gritaria de algumas crianças que saíam às ruas, além de ciclistas que passavam. Pensou em Germano, pensou em velhos companheiros dele animando-se com um tempo de chuva e sol forte, indo para os pastos, a "tribo" romântico/desbundada de um desenho homônimo de capa de livro de uma escritora catarinense que ele deixara por ali. Tomaria aquela chuva também, como os outros ciclistas, benditas as vacas da capa do disco *Atom Heart Mother* do Pink Floyd, bendito o dia em que descobriria um pouco dos êxtases que o pai vivera. Saiu rapidamente para montar na bicicleta de Atílio.

Essas ruas, velhas conhecidas suas, nunca estiveram tão largas, e cada uma das mínimas pedrinhas do asfalto brilhava, estrela do chão, fazendo-o comovido. Mas eram muitos os sons ouvidos, talvez nunca houvesse ouvido tantos sons assim, vindos de longe, vozes, batuques insistentes, conversas desconexas, risinhos e principalmente os mugidos de bois de chácaras e sítios distantes. Chorou ao ouvir vacas mugindo, dizendo "não coma mais de nossa carne", e, arrependido, prometeu não comer.

Não acreditara no poder daquele chá, que dividira com Pietro, a vagar no mesmo pasto, na mesma procura dos cogumelos certos, quando chegara. Ele fizera uma garrafa para cada um, estava experimentado e parecia, rindo, antecipar a força da experiência que Bruno teria. "Vai ser bonito?"; "Sempre é, sempre é..." — respondeu o outro, a voz amolecida, "você vai ver, vai ver..." Já tinha os olhos entrecerrados e olhava beatificamente para tudo. Ele decidiu ser incrédulo, nada sabia do que havia naquilo, a lenda do estrume sagrado, e o risinho de Pietro lhe pareceu um desafio, coisa de bêbado a que tinha que responder com destemor e lucidez. Tomou a garrafa inteira, rapidamente. O gosto era nenhum. Demorou para que seus passos amolecessem.

Não estava muito longe da cidade, caminhando, esquecida a bicicleta em algum trecho do pasto, e Pietro, que estivera conversando com ele, rindo, rindo muito, a voz mole querendo lhe explicar coisas, orientá-lo, de repente não era mais ouvido — a que altura do caminho o parceiro desaparecera? Agora, queria pensar em si mesmo e, de repente, a lembrança de sua identidade se dissolvia, como se virasse um ponto que submergia em insignificância, que não conseguia captar, completamente esquivo, no espaço. Era um espaço grande demais, a abóbada negra do céu se expandindo como algo que o tornava desmesuradamente pequeno, se a pequenez pudesse ser medida, você é mais, você é mais que tudo isso e também não é nada, imbecil, e a dissolução, o não poder lembrar-se de seu nome e sobrenome, Bruno Alfieri, Bruno Alfieri, estúpido, o aterrorizava, mas que importância tem ser isso, esse nome, esse pertencimento? e ria, ria, ria, mas não era coisa para se rir porque talvez já estivesse morto, talvez nunca mais pudesse ser ele mesmo, e, agarrando-se à camisa, quis porque quis uma âncora, algo que lhe devolvesse a sobriedade, mas aquelas vozes lá longe riam, riam de sua impotência, riam do fato de ele não poder escapar, retornar a Bruno Alfieri, filho de Lina, enteado de Atílio, morador da rua... Deu uma gargalhada ao lembrar-se do nome da rua. Não havia sentido em rir daquilo, mas como era cômico! quem era Bernardo Ladeira Gusmão, quem diabo ele pensava que era para ser nome de rua num universo sem dono algum? — a seguir, enfiando a mão no bolso, tirou dele uma bolacha antiga, parcialmente mordida, que talvez Pietro lhe houvesse dado; de onde viera? por que se importava com isso? comê-la foi a operação mais lerda possível, na verdade a ruminou, ruminou, mascou-a como se fosse impossível terminar de mascar, e teve que juntar muita energia para conseguir cuspi-la fora, por fim. Um sapo surgiu à sua frente, a alegria dos pulos na rua molhada, e cresceu de tal modo quando ele o olhou que teve que recuar, recuar muito, quase pedindo socorro. Nesses labirintos, imperioso achar a Bernardo Ladeira Gusmão.

Sim, o que fazia era caminhar para casa, só que o trajeto muito familiar era agora de uma extensão que precisava vencer com um esforço sem fim, precisava ir, ir, ir, lá retomaria seus contornos conhecidos, o mundo não mais seria tão vasto e misterioso, nunca lhe parecera tão desejável ver a mãe e o padrasto, seus rostos conhecidos, os rostos que, reconhecendo os seus, acabaria com esse medo inominável de não ser.

Súbito, sentiu-se modificado, passou a mão pelo rosto e tinha duas narinas que bufavam, era um touro, um touro, seu bufar, seus pelos, os cascos, sentia tudo. Felizmente, isso durou pouco, ou teria mesmo se posto em quatro pés, se juntado aos bovinos todos lá pelos fundos da noite e nunca mais voltado a ser Bruno.

Felizmente, estava diante de casa, mas que remédio senão pular o muro e ficar escondido lá no fundo? porque agora lhe parecia que sofrera alguma metamorfose patente demais e Lina e Atílio levariam um susto ao revê-lo.

Trêmulo, deitou-se na primeira cama que encontrou, embora não sabendo como havia entrado e a encontrado, não sabendo de seus passos, de seu ser, senão por intervalos de uma consciência desesperada, povoada de risos alheios e mugidos que lhe diziam que existia um outro reino, um reino em que ele penetrara inadvertidamente. Não havia, porém, como, fechando os olhos, cancelar tudo que via, coisas que rodopiavam e se alongavam, bocas, olhos sem fim, aracnídeos lerdos saindo de cavernas as mais escuras, ruídos que vinham de muito, muito além para não deixá-lo em paz, e, forçado a ficar de olhos abertos na esperança de que tudo voltasse a ter a consistência e a familiaridade desejada, via a madeira do forro se entrecruzando em belos desenhos geométricos, incessantemente mutáveis, o que, com uma certa calma, foi lhe parecendo bom. A calma deu-lhe, então, a sensação de que podia olhar para os desenhos com algum proveito e mesmo manipulá-los, fazendo-os coincidir com os padrões que desejava ver, ampliar. Então, desenhou-se, na porta do quarto, em traçado de fumaça, uma figura inesperada. Um velho, seu manto, seu cajado. E uma voz de tremenda, irrecusável, mas serena autoridade, sentenciou: — "Responsabilidade, Bruno Alfieri. Responsabilidade..." Pareceu-lhe ter visto o sábio com cajado, aquele da capa interna do Led Zeppelin IV. Depois, nada mais viu.

31
A proposta de Alfeu Jordão

Era manhã, a luz completamente nova e as árvores ostentando todos os verdes refrescados pela chuva da noite anterior, mas ele, cabisbaixo, o cigarro nos lábios, preparava sua xícara de café solúvel e não queria pensar. No entanto, pensava, pensava, pensava: Alfeu Jordão não lhe saía da cabeça, a proposta mexia com seus nervos e, caso aceita, seria uma nova vida, um caminho pelo qual teria que caminhar bambo e ainda mais anestesiado por todo álcool possível, com a única ressalva importante de garantia de algum dinheiro por um tempo mais prolongado.

Decidiu ir à gaveta, queimar o romance que nunca terminaria nem lhe daria proveito algum, apenas a precária alegria de continuar fiel a si mesmo. Talvez fosse melhor não ficar procurando o nexo de seu passado, deixar os pais descansando no esquecimento — por que expô-los, em sua bendita humanidade falha, num livro que só dizia respeito à sua vontade de fazer boa literatura, depois do fracasso de "Horas a fio"?

Os passos foram dados em direção ao pequeno quintal, onde a tia Rita mantinha uma cobertura que chamava de "rancho", sob o qual havia um antigo tanque de lavar roupa (nunca quis uma máquina, por muito que ele insistisse), passou por uma zona limosa apreciada pelos sapos, escolheu um trecho mais seco e acendeu fósforo após fósforo na certeza de queimar as páginas que agora lhe pareciam incômodas, dolorosas demais.

 O que tinha a escrever, como trabalho, faria com que de novo encarasse um Jordão e seu jugo, não bastasse o Ramiro do passado, amigo da família, interessado em que ele se submetesse e ainda achasse bom não questionar absolutamente nada dos desmandos de Verdor. A relação fora lembrada por Alfeu, que nada mencionou sobre sua inconvicta e breve adesão. Dessa vez, privado do novo bico no jornal (porque, para eles, nunca seria uma profissão séria isso de se meter a jornalista), não poderia dizer não, ou ao menos sofreria muito por dizê-lo, já que as implicações do não tornariam sua continuidade em Verdor ainda mais problemática.

 Pensou na "Sueca", gostava dela o bastante para fazer o melodramático e clássico gesto masculino de tirá-la da "zona" e torná-la sua mulher, com direito a ser mãe e a um reino doméstico decente, mas, quando numa noite de semanas atrás fora para a "Boca da Morte" disposto a lhe fazer a proposta, Idalina lhe dera a notícia com aquela tristeza resignada e o gosto por notícia ruim que parecia a sua marca: a "Sueca" estava longe, fora para alguma cidadezinha de Santa Catarina onde havia uma mãe doente e alguns fiapos de família e, pelas atitudes, estava mais do que claro que não voltaria ao "Boca da Morte" nunca mais. Não deixara nenhum recado para ele? Não, estava com pressa, fazia já dois dias que pedira um empréstimo para ela e "Chimbica", com a promessa de pagá-las por vale postal, e fizera as malas sem falar de ninguém. Qualquer afeto que ela parecesse ter por ele era só um desejo de sua parte, nada que se corroborasse — um pouco mais de amargo no amargo do café sem açúcar que ainda estava em sua língua. Ele havia pensado que para ela, para seu projeto de tê-la em casa, o dinheiro faria sentido. Em todo caso, na noite anterior, com a chuvinha que caía, incessante e boa, que fizera a lanchonete de Anésio aumentar em freguesia, surgira Bruno.

— Eu vou-me embora daqui. — ele sentenciou, depois de sua chegada silenciosa, soturna, encharcado e sem parecer dar por isso. Siqueira lhe telefonara, a resposta não fora definida, apenas um grunhido que talvez passasse por assentimento, e não o esperava à mesa por onde já haviam passado Pietro e "Giselle".

Pietro estava animado com uma encomenda de tela que seria uma venda incomum — poderia pintar um grande painel abstrato para um dentista do centro, talvez lhe surgisse um pequeno número de compradores de arte mais contemporânea e sua vida como pintor em Verdor não estivesse completamente condenada.

"Giselle" estava um pouco desanimado com a floricultura, coisa que só pôde perceber porque respondera evasivamente sobre seu trabalho, e ficara ali algum tempo, com um copo de refrigerante que ia bebendo da maneira mais lenta possível, como se quisesse lhe dizer alguma coisa que seria embaraçoso para ele ouvir. Não iria lhe dizer que estava um tanto cansado de seguir Gregório pela noite, desapontado porque era mais do que claro que ele o evitava e não queria repetir o que acontecera na noite em que, muito bêbado, vencido pela presença de seu adorador sempre à espera, o motorista de ônibus cedera e o possuíra rapidamente. Quando, extasiado, grato, "Giselle" ficou a olhá-lo nu e se vestindo depressa, os olhos entrecerrados para captar a sublimidade do vento noturno e recordar a trilha sonora de "Candelabro italiano", ouviu-o vomitar no mato ali perto. Era inútil que continuasse a aparecer em sua casa, pois só a mulher lhe dava alguma atenção, ainda assim contrita, porque Gregório providenciava para estar sempre ausente, bebendo com amigos "normais" em algum bar por perto ou ocupado com alguma viagem. No entanto, essa recusa, essa dificuldade, esses gestos e mesmo sua repulsa, só aumentavam seu prestígio de homem verdadeiro para ele e sua devoção parecia um poço cujo fundo jamais enxergaria. "Jurema" teria rido ainda mais dele, se ainda estivesse em Verdor. O episódio com Edgar, a perseguição do garçom, que não cessara, e a cada vez lhe parecia mais óbvio que, se não o matasse, algo de muito ruim ele ainda lhe faria, fizeram-no desgostar-se definitivamente da vida que levava ali e partira para São Paulo, a convite de um amigo cabeleireiro que achara que ele poderia ter oportunidades nesse campo numa capital onde não se sentiria tão isolado.

— Meu caro, o mundo...

— Você não conheceu o mundo, Siqueira, pare com isso, andou por aí, só por umas cidades do estado e olhe lá. Vai me dar uma de irmão mais velho, conselheiro?

— Tenho medo. O que você sabe fazer mesmo? Poesia? Pra banco sabemos que não serve. — replicou, fazendo um sinal para Dalva trazer mais cerveja.

Bruno fez uma carranca considerável: — Paro em qualquer lugar, arranjo um trabalho, depois sigo.

— Segue pra onde?

Bruno não respondeu e, cabisbaixo, ficou traçando um círculo imaginário na toalha de papel.

Siqueira balançou a cabeça, incrédulo. — *On the road*, sei. Soubesse como os outros se importam pouco! Morto numa estrada por aí, ninguém vai saber.

— Bom, e daí? Morto é morto, também aqui, e "não tenho preferências para quando já não puder ter preferências". Merda por merda...

Calaram-se. Lá no fundo, "Voçoroca" os olhava fixamente, parecendo temer uma aproximação e desejá-la. Ou, de algum modo, vendo algo hilariante nos dois. Bruno o viu: — Tá vendo? Os loucos vivem rindo da gente. Tudo neste lugar ri da gente...

Siqueira compreendia. Tomou um longo fôlego e emborcou a cerveja para mencionar Alfeu Jordão. Bruno o olhou, intrigado, depois de fazer um sinal obsceno para "Voçoroca", que se virou e foi, sempre rindo, abordar uma mesa do outro lado. Contou-lhe do telefonema e da recepção na fazenda Formosa, depois de um trajeto em carro do ano pela poeira e margeando canaviais que nunca acabavam.

— Que diabo o homem quer?

— Que eu escreva sua biografia, entrevistando os Jordões todos. Mas é claro que só valerão elogios.

— Puta que o pariu...

— Claro, parente ingrato, desafeto, não entra. Um livro cheio de fotografias. Coloridas.

— Nossa!

— Depois disso, vai querer que eu seja seu assessor de imprensa.

— É o fim.

— Aqui sempre foi o fim.

— Merda. Que é que você acha que posso dizer?

— Bom, um livro meu de fato eu não conseguiria publicar nunca.

— É pavoroso. Você aceitou?

Siqueira ficou pensando e se remexeu, esfregando o peito com a mão direita crispada. Olhou para todos os lados, como se precisasse de uma clareza que não lhe vinha. Demorou a ponto de irritar Bruno para responder, olhando para o amigo com uma convicção súbita que o fez cerrar os lábios: — Aceitei.

Havia pensado no adiantamento generoso (adjetivo do próprio Alfeu) que lhe seria feito para começar a narrativa biográfica, para correr atrás de entrevistas. Uns custos de passagem, de uma estada mais prolongada, se Bruno quisesse, em São Paulo ou outra capital, Porto Alegre talvez, para estar mais perto do que iria buscar, ele poderia cobrir. Olhou-o de novo, repetiu como se para arredondar dentro de si algo que apenas se esboçara, que agora talvez Bruno compreendesse: — Aceitei. Você vai poder ir embora.

— Puta merda, puta merda... — Bruno pareceu querer arrancar os cabelos. Pareceu a ponto de chorar.

— Você precisa ir. Você me escreverá.

Bruno levantou-se, primeiro relutante, depois olhando-o com tudo que de grato seu olhar pudesse dar a Siqueira. — Onde... onde vou achar um amigo como você? — Abraçaram-se em desespero, sem querer que o abraço cessasse. Depois, sentindo que Anésio e Dalva lhes cravavam olhares de estranhamento, desgrudaram-se. Um copo de cerveja caiu e se quebrou.

32

Diante da estrada

— Como é possível gostar desta cidade, achar beleza nela?
— Bruno perguntara uma vez a Pietro ao vê-lo reconstituir, com precisão, uma rua com um muro descascado, a mangueira e a carriola de um quintal, o infalível varal de roupas coloridas. Mas dessa vez não era algo genérico — o pintor tivera a coragem de fugir ao padrão de outros quadros mais fáceis de vender, paisagens de parte alguma com os infalíveis casarios e ruazinhas de paralelepípedos e os muros grossos de tinta espatulada que faziam muito sentido em feiras turísticas das muitas praças comerciais do país e partira para um realismo quase documental, atestado pelos telhados com antenas de televisão lá ao fundo e acentuando capinzais, tijolos amontoados ao léu, fazendo com que a verossimilhança, a verdadeira cor local, vencesse o pitoresco incaracterístico.
— Acho que é uma questão de saber olhar, não sei. Eu me canso de pintar coisas que não têm nada a ver com a gente. Vou tentar fazer uma série de pinturas daqui de Verdor. Te adianto que não vai ter a praça Procópio Luz, aquela maldita ninfa e seus peixinhos, a avenida do cemitério com seus coqueiros, a represa Belarmino Jordão refletindo a luz do luar, o ipê da 12 de maio...

Vou pintar essas ruas simples, essas casas já meio abandonadas que a gente vê, os capinzais com flores sem muito destaque, as árvores verdadeiras das quais a gente nem sabe os nomes. — Não disse, mas Bruno sabia o que queria dizer: essa é a nossa cara, isso que somos, nosso atavismo, nossa solidão, nossa paisagem pobre de atrativos que pode ser redimida pelas cores do óleo, por uma visão particular que a assuma como algo natural, com uma nobreza nascida da despretensão.

Era para isso que olhava agora, longe os infalíveis telhados com as antenas, ninguém, ninguém que não quisesse ter sua televisão, longe um azular de eucaliptos, longe os sítios, chácaras, fazendas e um Paturi muito largo a quilômetros dali, estreitando-se na cidade para ficar sujo e vulgar, um gato siamês do vizinho lhe devolvendo o olhar de cima do muro e depois descendo para misturar-se às ervas e verduras de Atílio, cheirá-las, sempre um tanto desconfiado de sua presença.

Sem a sua própria riqueza interior, ou o que talvez pudesse ser chamado assim, Pietro não teria coragem de pintar essas coisas tão vistas que já invisíveis, talvez essa série planejada sobre Verdor fosse se tornar a parte mais autêntica, mais viva de sua obra.

Pensou se sentiria falta dessas paisagens um dia e concluiu que não era caso de se pensar nisso agora. Passara os dias se esquivando da mãe, a porta do quarto trancada para fazer uma mala essencial, carregar algumas fotos, livros, documentos, trêmulo, antecipando a enormidade da experiência que teria que viver. Um consolo era que Isa gostaria de sabê-lo assim tão corajoso, mas ele sabia que o que fazia não era nada para se sentir herói: o dinheiro para esse reinício temerário vinha de alguém que se calaria tanto quanto ela. Quando ele anunciou o horário da manhã de partida e perguntou se Siqueira poderia estar lá, na rodoviária próxima ao Damasco, ele respondera "não", que estaria sim esperando-o em frente ao banco onde depositara o dinheiro de Alfeu Jordão e que não adiantaria que ele insistisse. Compreendeu.

Sim, sim, neste canto o VHS dos *Hijos del sol*, naquele outro a fotografia diante da Kombi em ruínas. O pai o aprovaria, não pedira à Lina que seguisse o exemplo da filha fugitiva na canção dos Beatles no *Sgt. Pepper's*? A mãe o chamou lá embaixo, sorridente por anunciar que Marineide Jordão estava ao telefone. Queria saber sua impressão sobre o "Rios secretos", informava que em Planura o livro fora muito bem vendido, que talvez adotasse "Marineide Penna" para uma segunda edição, se houvesse, e então se sentiria completamente dissociada de Gaspar e dos Jordões.

Não teve coragem de dizer que, de todos os poemas, por vaidade lera somente aquele em que ela se referia a ele. Era, afinal, mais vaidoso do que pensava: que uma mulher se apaixonasse por ele, ainda que sem esperanças de reciprocidade, o lisonjeava mais do que costumava admitir. Mas ela parecera ficar satisfeita com o louvor sem convicção e ele não deu prosseguimento ao telefonema para não se constranger com detalhes. Lina, feliz pelo telefonema importante, pediu um jantar especial a um restaurante do centro. E vinho, pois vinha tentando entender de sabores e safras cada vez mais.

Porém, na manhã seguinte, quando viu o quarto vazio e, abrindo guarda-roupa e cômoda, constatou a ausência da mala e de peças de roupa do dia-a-dia dele, desabou. Gritou por Atílio, que subiu correndo pela escada.

Em frente ao banco, sem falar muito, Siqueira o esperava e, pedindo que o seguisse até um canto discreto da praça, entregou-lhe um envelope. Ele, comovido e sem pressa, ao abri-lo encontrou dois cheques e espantou-se, pois um segundo era assinado por Otávio. "Pede que você nunca deixe de procurar seu pai. Que, se quiser se lembrar dele algum dia, ponha o *Te Deum* de Bruckner para ouvir".

— Deus meu... — ele, ainda incrédulo, arriscou dizer, abraçando-o. — Deus meu... — repetiu.

Havia decidido que a fotografia da ponte ficasse no bolso de sua camisa. Queria apalpá-la e voltar a apalpá-la quantas vezes pudesse, senti-la ali, uma realidade para dar-lhe rumo, esperança. Avançou para um ponto mais ao fundo da rodoviária. Uma longa mijada, apoiando-se na parede do sanitário imundo.

Ofélia ou Virginia Woolf com pedras no bolso, afundando-se no rio Ouse, Isa lhe reaparecia na lembrança caminhando muito devagar de volta para o casarão de Floriano Tozzi e ele precisava afastar a imagem dela nua na cama a esperá-lo, os braços abertos, os olhos torturados, e lavar, lavar o rosto era o que mais precisava, urgia lavar-se, muita, muita água, água que não o afogasse, para desfazer o pensamento. Lá fora, o sol apontava, ainda muito débil, e as nuvens em fiapos cor-de-rosa e alaranjados talvez guardassem para mais tarde uma chuva que iria cair sobre o telhado de seus amigos do outro lado da cidade. Mas era melhor não pensar em Siqueira e Otávio, não queria se comover demais. Não queria pensar que ficariam em Verdor acomodados e resignados à estupidez enquanto ele se expandia mundo afora.

O ônibus que chegava, uns poucos passageiros para essa viagem rotineira à capital. Já não pensava muito e tentava cochilar, o coração pulsando numa batedeira que chegava a assustá-lo e, de repente, abre-se a estrada, toda uma estrada ondulando para além, muito além de Verdor, todo um empurrão para as distâncias promissoras, sim, a promessa dos pássaros brancos nunca alcançáveis, os vastos campos além da ponte, as florestas onde Germano teria uma cabana, onde caçaria e pescaria o essencial para viver, ao fundo talvez um trecho dos Andes azulando de fazer doer os olhos.

Estradas, estradas, enfim. Menos que olhá-las diretamente, era de esguelha, como se estivesse dividido entre a incredulidade e o temor que seu próprio gesto despertava, mas esperançoso, que se punha à janelinha. Cumpria, então, apalpar novamente a fotografia no bolso de sua camisa. A ponte no nevoeiro e a travessia que teria pela frente, algum dia. A fotografia que lhe valeria para chegar ao ponto desejado.

Mas, não a encontrou em seu bolso, teve um momento de pânico, de novo apalpar, apalpar, mas não, não estava mais ali, e se pôs a lembrar onde a deixara, lá para trás, na rodoviária, no chão cheio de urina daquele banheiro, meu Deus, onde? Não, não a deixara na mala lá embaixo, no bagageiro, ficara com ela sempre na camisa.

Entre um sono sobressaltado e outro, o ônibus já ia muito adiantado, já as pontas brancas, casas, prédios, a igreja com sua torre prateada, de outra cidade, sendo entrevistas. Não sabia, não sabia, o bolso vazio. Ficara naquela imundície, teria caído naquele vaso? Esfregou o bolso com força, como se pudesse, com isso, trazê-la de volta. Nada. Nada. Impossível retornar, refazer.

Só lhe restava olhar para a estrada, olhos espantados, todo o conforto perdido. Só lhe restava apostar. Numa decisão que, fosse como fosse, havia sido tomada.

© 2020, Chico Lopes

Todos os direitos desta edição reservados à
Laranja Original Editora e Produtora Ltda.

www.laranjaoriginal.com.br

Edição **Filipe Moreau**
Revisão **Elisa Cavalhieri e Dirceu Teixeira da Silva Junior**
Projeto gráfico **Arquivo · Hannah Uesugi e Pedro Botton**
Produção executiva **Gabriel Mayor e Bruna Lima**
Foto do autor **Guilherme Tichauer**

Dados Internacionais de Catalogação na Publicação (CIP)
(Câmara Brasileira do Livro, SP, Brasil)

Lopes, Chico

    A ponte no nevoeiro / Chico Lopes. — 1. ed. — São Paulo: Laranja Original, 2020.

    ISBN 978—65—86042—11—5

    1. Romance brasileiro   I. Título.

20-46207   CDD—B869.3

Índices para catálogo sistemático:
    1. Romances : Literatura brasileira   B869.3

Cibele Maria Dias — Bibliotecária — CRB 8/9427

COLEÇÃO **PROSA DE COR**

Flores de beira de estrada
Marcelo Soriano

A passagem invisível
Chico Lopes

Sete relatos enredados na cidade do Recife
José Alfredo Santos Abrão

Aboio — Oito contos e uma novela
João Meirelles Filho

À flor da pele
Krishnamurti Góes dos Anjos

Liame
Cláudio Furtado

A ponte no nevoeiro
Chico Lopes